KB075804

살해당한 베토벤을 위하여

《Quand je pense que Beethoven est mort alors que tant de crétins vivent…》 suivi de
《Kiki van Beethoven》
by Eric-Emmanuel Schmitt

Copyright ⓒ Editions Albin Michel-Paris 2010
All rights reserved.

Korean translation copyright ⓒ Yolimwon Publishing Co., 2017
This Korean edition is published by arrangement with Editions Albin Michel,
France through Milkwood Agency, Korea.

이 책의 한국어판 저작권은 밀크우드 에이전시를 통해
Editions Albin Michel과 독점 계약한 도서출판 열림원에 있습니다.
저작권법에 의해 한국 내에서 보호를 받는 저작물이므로 무단 전재와 무단 복제를 금합니다.

살해당한 베토벤을 위하여

에릭 엠마뉴엘 슈미트 소설 | 김주경 옮김

Schmitt

열림원

차례

빅토르 위고는 "음악이란 생각하는 소리다"라고 말한 바 있다. 우리를 위로하고, 진정시키고, 감동을 주고, 회복시키기까지 한다는 점에서, 나는 음악이란 "생각하게 만드는 소리다"라는 말을 덧붙이고 싶다. 작곡가들은 음악을 통해 자신들의 격정과 욕망, 그리고 세상에 대한 생각들을 우리와 나눈다. 자기만의 철학을 갖고 있는 음악가들은 자신의 지혜를 전달하기도 한다. 그래서 그들의 음악에 귀를 기울일 때, 그들은 우리의 정신적인 안내자가 된다. 『살해당한 베토벤을 위하여』는 내 삶의 스승이었던 음악가들의 시리즈에 속하는 책이다. 그 시리즈의 첫번째 책인 『생각하는 소리』*에서는 모차르트와 함께했던 나의 인생을 이야기했었다. 앞으로 바흐와 슈베르트에 관해서도 써볼 생각이다.

---

* 한국에서는 '모차르트와 함께한 내 인생'이라는 제목으로 소개되었다. 이하 각주는 모두 역자주이다.

살해당한

베토벤을 위하여

베토벤과 나 사이, 그건 짧지만 강렬한 이야기였다.

그는 내가 열다섯 살 때 내 삶 속에 나타났고, 내 나이 스무 살 때 내 삶에서 떠났다. 그 오 년 동안 그는 내 방에 자리를 제대로 잡았다. 가구들을 밀어내고, 전축 옆에 자신의 레코드 판들을 세워놓고, 업라이트 피아노 위에는 자기의 악보들을 쌓아놓았다. 그리고 내 손가락들을 가르쳐 자신의 곡들 중에서도 가장 열정적인 곡들을 치게 했으며, 자신의 교향곡으로 내 눈에서 눈물을 쏙 빼게 만들고, 마치 내 감정의 주인이라도 되는 듯 좌지우지하는가 하면, 놀랍고도 충격적인 새로운 감정들을 내 안에 불어넣었다. 뿐만 아니라 사춘기 소년의 방 안에다 자신의 영역을 표시할 요량으로, 독일에서 오신 숙모를 통해 합

성수지로 만든 자기의 흉상까지 들여놓았다. 그러고는 고뇌에 찬 모습의 그 조각상을 내 침대 옆 작은 탁자 위에 올려놓으라고 충고했다. 그것도 벽에 핀으로 붙여둔 모차르트의 초상화 바로 밑에. 하지만 난 그 충고만은 필사적으로 거부했다. 그것이 내가 유일하게 저항한 항목이었는데, 아마 나도 모르게 경계심이 발동했기 때문일 것이다. 흥분과 충동의 표시로 이마에 핏줄이 울룩불룩 솟아 있는 천재와 머리를 맞댄 채 잠들고 싶지 않았던 것이다. 나는 그의 흉상을 멀찌감치 떨어져 있는 아버지의 책꽂이 한구석에 놓아두었다.

오 년 동안 항상 같은 자리에 있었던 베토벤은 그후 십 년 동안 그 자리에서 사라졌다. 그가 떠난 시간은 나의 긴 청소년기가 끝나는 시점과 맞물린다. 내가 우리집을 떠날 때 그도 떠나버린 것이다. 멀리 가버린 베토벤! 그가 자리를 비웠다. 사라졌다! 난 더이상 그를 생각하지 않았고, 그의 곡을 연주하지 않았으며, 그의 음악도 듣지 않았다.

어쩌다 우연히 콘서트나 라디오, 텔레비전에서 그의 작품이 연주되는 것을 들을 때에나 겨우 그를 떠올렸을 뿐이다. 그때에도 교향곡의 각 음절이나 관현악기들의 세부 사항을 열심히 예상하고 확인하느라 지쳐서 하품하기에 바빴을 뿐, 예전에 느꼈던 흥분은 다시 느끼지 못했다. 크레셴도가 나와도 심장이

쿵쾅거리며 빨라지는 일이 없었고, 마음을 적시는 소절이 나와도 눈가가 촉촉해지기는커녕 맹숭맹숭하기만 했다. 습관적으로 듣던 베토벤, 내 귀에서 떠날 줄 몰랐던 그의 음악, 그 친숙함이 내 안의 감수성과 과도했던 사춘기적 감정을 메마르게 했는지도 모른다. 일시적인 연애 감정이 그렇듯이 예술도, 지나치게 잦은 만남은 그 예술이 고취시켰던 사랑의 불을 사그라지게 할 수 있다.

그가 없어도 내 인생은 아쉬울 것 없이 계속되었다. 내게 그토록 특별했던 베토벤은 이제 다른 많은 이름 중 하나에 불과했고, 우리가 헤집고 다니는 커다란 문화 시장에서 흔히 볼 수 있는 상품 견본 중 하나로 축소되었다. 누가 나더러 베토벤을 좋아하느냐고 물으면, 나는 우리의 끈끈했던 옛 관계를 무시한 채 "별로"라고 시큰둥하게 대답하는 것이 전부였다.

그런 내게 베토벤이 그 모든 시간에 대한 지불을 톡톡히 요구하며 다가온 것은 코펜하겐에서였다……

내 연극의 홍보를 위해 안데르센의 나라를 방문했을 때다. 나는 지성으로 반짝거리는 이 도시를 좀더 알고, 유머로 나를 매혹하는 덴마크 사람들을 좀더 가까이 관찰하고 싶어서 며칠 더 머물기로 했다. 그리고 어느 오후에 뉘 카를스베르 글립토테크 Ny Carlsberg Glyptotek 미술관을 찾았다. 마침 상설전 외에도 〈마스크, 고대 그리스부터 피카소까지〉라는 특별전이 열리고 있었다.

그런데 전시회장에 들어서고 보니, 베토벤에게는 한 방 전체가 할애되어 있었다. 베토벤이 서구 문명사회를 어찌나 확실하게 강타했던지, 전시회장 한켠에 마련된 인기 기념품 코너에는 업라이트 피아노 위에 올려놓을 만한 그의 흉상과 초상화들이 줄지어 서 있었다. 그리고 그 옆에 앙투안 부르델, 프란츠 폰 슈투크, 오귀스트 로댕, 외젠 기욤 같은 쟁쟁한 조각가들이 그의 특징들을 공들여 두드러지게 표현한 진귀한 예술품이 진열되어 있었다.

온몸에 전율이 일었다. 손가락 하나 꼼짝할 수 없었다. 수없이 많은 베토벤의 얼굴들 앞에 서자, 그동안 사라졌던 충격과 감동과 열기, 그리고 나의 내밀했던 지난 시간들이 순식간에 되살아났다. 그 오 년의 시간 동안 그는 내 영혼을 너무나 고무시켜놓았었다. 덕분에 당시의 나는 인간의 보잘것없음과 어리석음을 산산조각낼 수 있는 힘, 세상을 다시 세우진 못해도 적어도 맞설 수 있는 힘이 내게 있는 것처럼 느꼈었다. 그리고 그 전시회장에서 베토벤과 나, 우리의 이야기가 다시 예전의 생명력과 격정과 특별한 부요함을 갖고 나타난 것이다.

그때 그 방에 들어온 관객이 있었다면, 그가 본 것은 진열장 앞에 멈춰 서 있는 푸른색 양복의 남자일 뿐, 그 순간에 진짜 무슨 일이 일어나고 있는지는 전혀 눈치채지 못했을 것이다. 그러나 그 순간의 나는 스스로를 다 자란 성인으로 여기던 사춘기 소년으로 돌아가, 과거의 법정 앞에 홀로 서 있었다.

"이봐, 너 지금까지 뭘 하고 있었어? 너의 그 젊음을 갖고 뭘 했느냔 말이야?"

네 시간 후에 나는 녹초가 된 채 정신없이 그곳을 나와, 집으로 돌아가는 비행기에 서둘러 몸을 실었다. 그리고 좁은 비행기 좌석 안에 파묻힌 채, 스튜어디스가 내미는 식판까지 거절하고 여행수첩 위에 이야기 하나를 써내려가기 시작했다. 제목은 '키키 판 베토벤'. 그 제목과 어조, 전개, 등장인물은 조금 전에 다녀온 전시회장에서 내 청춘 시절로 막 접근하려던 순간에 휙 하고 다가온 것들이었다. 난 사 주 만에 그 작품을 완성했다. 내 인생이 반영되고 있다는 생각이 드는 순간, 내 안의 상념들이 자연스럽게 하나의 이야기 형태를 만들어갔다. 자신의 내면에 있는 꿈들을 논리적으로 풀어가는 것이 허구의 이야기를 만드는 작가들, 직업적 몽상가들의 특징이니까.

그 희곡을 완성하고 나서 나는 다시 베토벤을 듣기 시작했다.

그러자 모든 것이 변했다. 다시 감동을 느꼈다. 내 청춘 시절의 마법사, 그가 내게 다시 말을 걸어왔다. 나는 또다시 그에게 정복되었다.

난 우리 시대의 사람들이 베토벤을 자주 만나지 않는다는 사실을 확인했다. 아니 거의 만나지 않거나 전혀 만나지 않았다. 사람들은 좋아서라기보다는 워낙 유명하기 때문에 의무적으로, 혹은 호기심에서 그의 작품을 연주하는 경우가 대부분이다. 그들은 교향곡 3번 '영웅'에서 미소를 짓고, 교향곡 9번 '합창'에서 관대함을 경험하며, 오페라 피델리오에서 웃는다. 거장들은 반드시 거쳐가야 할 관문처럼 여기며 베토벤을 연주하지만, 그를 기반으로 자신의 경력을 쌓아올리지는 않는다. 베토벤은 이전 세대들의 위인, 곧 조상들이 말하는 천재로 남아 있다. 우리는 그가 표현하고자 하는 바를 더이상 듣지 않는다. 베토벤에게 있는 무언가가 들리지 않게 되었다. 이 탁월한 청각장애인 앞에서 우리들이 청각장애인이 되고 말았다.

대체 무슨 일이 일어난 것일까?

그가 변한 걸까? 아니면 우리가?

우리는 그가 불어넣은 감정에 너무 동화되어버린 것일까? 누가 변한 것인지조차 깨달을 수 없을 정도로? 베토벤은 진부한 작품, 흔해빠진 작품으로 전락해버렸다. 그는 우리가 푹 빠져 있는 관념의 물속에 완전히 녹아버린 설탕이다. 결투에서 쓰러진 그는 그렇게 소멸됨으로써 성공의 대가를 톡톡히 치른 것인지도 모른다.

아니면 우리가 미처 인식하지 못하는 어떤 메시지를 베토벤이 보내고 있는 것일까? 그는 지배적인 편견들에 저항하는 화약통이라도 소지하고 있는 것일까? 그렇다면 죽은 것은 그가 아니라, 우리일 것이다……

나는 설문조사라도 할 것처럼 이 몇 줄을 쓰고 있다. 사라진 것은 누구인가? 베토벤? 아니면 우리?

그렇다면 살해범은 누구인가?

*

보 탕 로크 부인은 성악가였다. 그녀는 사십 세가 넘자 자신의 목소리가 탁해졌으며, 폐경으로 인해 카르멘이나 델릴라 같은 역할을 더이상 할 수 없다는 것을 깨달았다. 그래서 팜므파탈의 역할을 포기했다. 시골티 나는 지방 무대에서 테너들을 괴롭히거나 4막에서 열정적인 사랑으로 죽어가는 것도 거부했다. 갖고 있던 화장품을 모두 정리하고, 목이 깊게 파인 드레스들도 다락방에 올려놓았다. 그리고 리옹에서 피아노 교사로 자리잡았다.

그녀의 이름 때문에 오해하는 일이 없기를! 이국적인 이름 때문에 아시아인의 체형과 길고 가는 눈을 가진 동안의 여성을 떠올리면 안 된다. 그런 모습과는 거리가 아주 멀다. 사시사철 까마귀 날개같이 검은 머리카락만 제외하면, 보 탕 로크 부인의 건장한 체격과 윤곽은 파리의 건장한 빵집 아주머니처럼 보인다. 사실 그녀의 성姓은 그녀가 갖고 있던 감상적인 환상 덕분에 얻게 된 것이다. 그 환상을 좇아 자기보다 더 가느다란 고음의 목소리를 가진, 허약해 보이는 노란 얼굴의 남자와 결혼했기 때문이다. 그녀의 남편은 베트남어를 가르치는 베트남인으로 미소를 잘 짓고, 친절하고 정이 많은 남자였다. 그리고 대단히 해박한 지식을 갖고 있었다. 몇 권 되지 않는 프랑스어-베트남어 버전의 프랑스 역사 사전을 만들 정도로.

나는 피아노 수업을 받기 위해 일주일에 두 번씩 보 탕 로크 부인의 집에 가곤 했다. 부인은 파리 음악학교에서 성악과 함께 피아노도 전공한 터였다. 그녀가 나를 공포에 떨게 했다는 말은 진실의 극히 일부만을 알려주는 것이다. 처음 몇 년 동안 내게 단호하고도 묵직한 목소리로, 옆 건반을 눌렀다고 주의를 줄 때라든지 연습을 충분히 하지 않았다고 지적할 때면 그녀는 완전히 악의로 똘똘 뭉친 무시무시한 악마 그 자체였다. 그러나 내가 피아노를 제법 능숙하게 다루기 시작하면서부터 우리의 관계는 눈에 띄게 좋아졌다.

그녀는 내가 피아노를 좋아하는 게 아니라 음악 자체를 좋아한다는 사실을 알아차렸다. 나는 손가락 연습이나 그때그때의 악보 연습을 되풀이하는 대신, 작품 자체를 해석하면서 몇 시간씩 보내곤 했었다. 내게 악기는 목적이 아니라 하나의 수단이었기 때문이다. 나는 손끝을 사용하여 음악을 읽을 수 있다는 게 즐거울 뿐이었다. 보 탕 로크 부인은 지혜롭게도 그것을 이해했고, 또 받아들여주었다. 그렇게 쉽게 지도 방침을 바꿀 수 있었던 것은 아마도 그녀 자신이 세기적인 피아니스트들이 가질 수 있는 기교를 갖지 않았기 때문인지도 모른다.

아무튼 일단 결정을 내린 왕년의 카르멘은 둘이 함께 칠 수 있도록 연탄곡 악보를 가져와도 좋다고 흔쾌히, 그리고 신속하게 허락해주었다.

어느 날 나는 악보대 위에 베토벤의 서곡들이 들어 있는 노트를 올려놓았다. 그리고 우리는 그 노트에 있는 곡들을 하나하나 공략하기 시작했다. 나는 저음으로, 그녀는 고음으로.

네 개의 손이 베토벤의 걸작들을 요리했다. 레오노레 서곡, 피델리오 서곡, 에그몬트 서곡이 이어졌다.

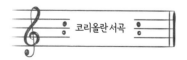 마침내 코리올란 서곡의 차례가 왔다.

망치로 두드리는 듯한 충격음, 이어지는 짧은 침묵, 저음부
에서 노호하고, 망설이고, 달려들고, 점차 살이 붙으면서 조를
바꿔가는 멜로디. 가느다란 주제 선율을 우리의 피아노가 강물
처럼 흘려보내는가 싶었는데, 어느새 오케스트라 전체가 연주
하는 것처럼 풍성해졌다. 내 심장이 요란하게 고동쳤다. 귀가
붉어지고, 감정이 한껏 고조되었다. 나는 땀을 흘리고, 숨까지
겨우 쉴 정도로 조화로운 선율 속에 푹 빠지고, 음악에 녹아들
었다. 그리고 행복했다.

마지막 화음! 우리는 숨마저 멈춘 채 계속 이어지는 침묵에
자신을 맡겼다…… 그리고 꽤 시간이 지나고 나서야 다시 숨을
들이마셨다.

"바보들이 이토록 많이 살아 있건만 베토벤은 죽고 없다
니……!"

보 탕 로크 부인이 거칠게 내뱉었다. 그러고는 이마에 흐르
는 땀을 닦으면서 내게 물었다.

"네 생각은 어때? 내 말이 맞지 않니?"

나는 대답 없이 그녀를 똑바로 응시했다. 그녀가 강조하듯
말했다.

"무의미하게 살아가는 사람들이 수도 없이 많지. 아무짝에도
쓸모없는 사람들."

"그래도 자식들을 낳고 살아가잖아요?"

"그래, 자식이야 낳지! 하지만 낳으면 뭘 해? 자기들과 똑같은 자식들, 아무짝에도 쓸모없는 놈들만 낳는걸! 그들은 그냥 번식하고 있을 뿐이야. 하지만 쓸모없는 자들이 또다시 쓸모없는 자들을 만들어낸다는 게 너도 즐겁진 않겠지, 안 그래? 이런 일이 계속될 뿐이라면, 인생은 내게 아무런 의미가 없어. 인생에 사표를 던지고 싶구나."

그 순간 나는 그녀에게 가족이 없다는 사실을 떠올렸다. 그녀가 계속했다.

"이 바보들은 그냥 존재만 하는 게 아니야. 아주 잘 들리는 귀를 갖고 행복한 모습으로 끈질기게 살아가지. 베토벤은 귀도 멀고, 결국은 죽기까지 했는데 말이야! 이 사실이 충격적으로 느껴지지 않니?"

"베토벤도 거의 육십 년 가까이 살았는데……"

"그게 중요한 게 아니야. 천재는 오십 세에 죽든, 백 세에 죽든, 언제나 너무 일찍 죽는 거야."

그러고 나서 우리는 둘 다 입을 열지 않았다. 그녀는 화가 나 있었다. 나는 내가 베토벤이 아니고, 천재가 아니라서 그녀가 나를 원망하고 있다고 생각했다. 현관에서 그녀가 톡 쏘듯이 말했다.

"잘 가렴!"

그때 베토벤은 인간의 마음 깊은 곳에 고귀한 장소가 있다는 걸 내게 가르쳐주었다. 내 안의 깊은 곳, 그의 마음이 내 마음과 닿는 그곳에서, 나는 보 탕 로크 부인의 주장에 비밀스럽게 동의해버렸다. 그래서 집에 돌아와 부모님과 누나를 바라보며 생각했다. 저들은 과연 쓸모 있는 존재들일까? 그리고 나는? 천재 거인 옆에서 이토록 연약한 나는 쓸모 있는 사람일까?

나는 위험을 느꼈다. 베토벤을 친구로 사귈 때 겪어야 할 위험. 그러나 난 위험을 열렬히 좋아하는 자였다. 진실보다 위험을 더 좋아했다! 그래서 그와 더 자주 만나기 시작했다.

*

솔직히 말하면, 베토벤과의 동거는 그리 녹록하지 않았다. 이 신사 분께서는 아주 투박한 성격과 절대로 바뀌지 않는 확고한 신념을 갖고 있는 데다, 늘 울부짖듯 말하고, 남의 이야기를 전혀 듣지 않는 괴짜였기 때문이다.

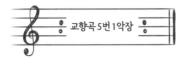
교향곡 5번 1악장

처음에 나는 그의 말에 귀기울이고, 동의하고, 그

에게 복종하는 것이 즐거웠다. 그때가 우리 사이가 가장 좋았던 시절이다.

그 몇 년 동안 그는 내게 많은 것을 주었다. 가장 중요한 걸 꼽으라면, 사고가 갖는 힘을 가르쳐준 것이다.

예를 들어 교향곡 5번을 들으면서, 나는 그 유명한 바바바밤! 이라는 극히 단순한 주제로부터 지성이 얼마나 놀라운 것을 추출할 수 있는지 알게 되었다. 아니, 주제라기보다는 모티프라고 하는 편이 낫겠다. 아직 주제가 완전히 드러나지 않은 씨앗의 단계이기 때문이다. 멜로디까지 미처 올라가지 못한 주제, 평범한 리듬, 바흐나 모차르트는 결코 시도해보지 못했을 악절…… 그런데 베토벤은 그것만으로도 충분하게 여겼고, 그것을 낚아챘으며, 그것을 펼치고, 늦추고, 늘리고, 반복하고, 변화시키고, 갖가지 다양한 방법으로 요리했다. 아주 능숙하게. 갑자기 문설주에 쾅 하고 부딪치는 것 같은 이 빈약한 돈호법에서 그는 드라마, 공격, 기다림, 침묵, 굉음으로 풍부한 교향곡의 한 악장을 끌어낸다. 우리는 움직이고 있는 그를 관찰하고, 그의 활기찬 영혼이 음표들 사이를 돌아다니면서 감정의 변화를 조절하고, 수많은 대비를 사용하여 오케스트라를 팽창시키는 것을 본다. 그 음악 속에 베토벤이 있다. 격정적이고 오만한 자신의 음악 한가운데 그는 여전히 떡 버티고 존재한다.

그는 우리에게 정신을 공연spectacle한다. 정신의 풍광spectacle. 무대 바닥에 설치된 바닥문을 열고 그는 자신의 음악적인 상상이 펼쳐지는 신비한 지하실로 우리를 안내하고, 구경시켜주며, 그 작업실 안에 잠깐 머무를 수 있도록 허락해준다. 바바바밤! 우리는 그 주제가 별것 아니라는 느낌을 받는다. 소음을 그저 소리로 변형한 것뿐이라고. 베토벤이 그 안에서 음악을 끌어내리라 결심하지 않았더라면, '바바바밤'은 아무것도 표현해내지 못하는 그저 평범한 소리에 불과했을 것이다. 그러나 우리의 예술가는 그 단순한 바바바밤! 안에서 보란 듯이 뻐기며 장엄하고 멋지게, 마치 조물주처럼 자신을 드러낸다.

　오케스트라 지휘자들이 베토벤에게 열광한다는 사실은 그리 놀랄 일이 아니다. 지휘대에 올라서서 짧은 지휘봉 하나로 소리의 힘을 길들이고, 때로는 침묵하고, 때로는 폭발하는 수많은 악기들과 홀로 맞서고, 오케스트라의 온갖 재료를 사용하여 조각품을 빚으면서, 지휘자들은 창조주를 흉내내고 모방한다. 그들은 베토벤을 지휘한다고 확신하며 베토벤을 춤춘다. 앙리 조르주 클루조의 영화가 머리를 스친다. 베를린 필하모니를 순한 양 다루듯 길들이며 베토벤의 교향곡들을 연주하던 헤르베르트 폰 카라얀의 모습을 담은 영화다. 천재 음악가를 영상화한 천재적인 연출. 카라얀의 사고思考는 이 악보대에서 저 악보대로 날아다니면서 바이올린들에 불을 붙이고, 첼로들을 흥분시키고, 플루트들을 서서히 꽃피우게 하고, 호른들 속에 깊이 빠졌다가 다시 올라와 트럼펫들 사이에서 우렁차게 외친다. 오케스트라 앞에 선 카라얀, 그는 대장간 앞에 선 대장장이의 신 불카누스이며, 악보 앞에 있는 베토벤이다. 이교도의 신.

베토벤의 작품에는 항상 베토벤의 삶에 관한 기록이 내포되어 있다. 그는 대장간의 화덕 앞에서 자기를 과시하며 노동의 아름다움을 드러낸다. 그래서 우리는 그 작업의 결과물만이 아니라, 그의 작업 자체도 높이 평가해야 한다. 바바바밤!

"보라! 여기 씨앗이 있다!" 베토벤이 선포한다. "이제부터 내가 이 씨앗에서 추수해낼 것을 찬미하라!"

영감은 다른 데서 오지 않는다. 영감은 바로 베토벤 자신이다. 그의 에너지, 건축술의 기발함, 정신의 원동력이 우리를 매혹시킨다.

베토벤은 내가 인간을 신뢰하게 해주었다. 재료를 지배할 수 있는 인간의 능력을.

*

얼마 지나서 우리의 관계는 조금 복잡해졌다. 그가 자꾸만

언쟁을 벌이기 시작했기 때문이다. 그는 내가 자기를 배신했다고 생각했다.

사실 그는 모차르트를 질투하고 있었다. 아니 정확히 말하면, 내가 모차르트에게 심취하는 것을 질투했다. 아, 실은 우리 둘 사이에 격렬한 다툼이 있었음을 고백한다……

그의 생각은 틀리지 않았다. 나는 모차르트에게도 비슷한 열정을 느끼게 되었고, 그 둘을 저울질하는 위험한 모험을 하고 있었다.

베토벤은 화려하고 눈부셨지만, 모차르트는…… 경이로웠다.

모차르트의 멜로디는 밝음 그 자체다. 그것은 나를 황홀케 하고, 매혹시키고, 위태로운 뒷걸음질을 멈추게 만든다. 베토벤의 어떤 멜로디도 모차르트의 눈부신 자연스러움에는 미치지 못한다. 태양이 밝게 빛나는 것처럼, 시냇물이 즐겁게 흐르는 것처럼 피가로의 결혼, 코시 판 투테, 마적의 놀라운 선율은 믿기지 않을 정도로, 결코 잊을 수 없을 정도로, 노인과 아이 들마저 유혹할 수 있을 정도로 아름답다. 그는 교양이 없으면서도 박식한 음악가였다. 그래서 모차르트 곡의 몇몇 소절은 때때로 엘리트들의 울타리인 오페라를 벗어나 마음껏 거리를 활보하는 대중적인 노래가 되기도 한다.

모차르트를 듣고 있으면 곡을 쓰고 있는 모습이 아니라, 그의 머리 위로 은총이 내려앉고 있는 모습이 보인다.

설명할 수 없는 것, 은총…… 그 은총이 내려온다. 은총이 주어진다. 그것은 새벽이다. 탄생.

모차르트는 멜로디를 생각해내는 게 아니라 그냥 하늘에서 내려오는 것을 받아적는 것만 같다. 그가 직접 그린 악보들이 증명한다. 그는 악보들을 전혀 망설임 없이, 너무 수월하게, 빨리 그려나갔을 뿐 아니라, 한번 그린 것에는 다시 손을 대지 않았다. 펜으로 새까맣게 수정된 베토벤의 악보들과는 얼마나 대조적인가! 그는 준비한 노트들을 쌓아놓고, 망설이고, 초벌 악보를 그리고, 줄을 긋고, 삭제하고, 방향을 바꾸고, 정리하고, 수정하고, 다시 시작한다. 베토벤은 완성된 악보와 동시에 초고도 물려준 셈이다.

베토벤은 음악을 만들어내지만, 모차르트는 음악을 받아적는다. 두 사람 모두 확고하고 우월하고 엄격한 거장의 능력을 지녔다. 두 사람에게 있어서 예술은 승리를 구가한다.

그러나 둘은 확연히 다르다. 모차르트가 자신의 업적을 지운다면, 베토벤은 드러낸다. 모차르트는 우리에게 정신의 산물을 제시하고, 베토벤은 산물을 내놓는 정신을 제시한다.

베토벤은 추구하고 찾는다. 그러나 모차르트는 발견한다.

베토벤은 그의 작품 속에 그대로 남아 있다. 그러나 모차르트는 작품 속에서 떠나고 없다.

베토벤은 자신의 음악을 남겨놓았다. 그러나 모차르트는 음악 자체를 남겨놓았다.

창작을 할 때 베토벤은 인간처럼 행동하지만, 모차르트는 신처럼 행동한다. 한 사람은 과시하고, 다른 한 사람은 뒤로 물러선다. 내재하는 인간, 숨어버린 신.

이런 이유로 사람들은 모차르트를 격찬하는 한편, 베토벤을 더 가깝게 느낀다. 한 사람은 신이고, 또 한 사람은 인간이다. 모차르트, 그는 우리를 좌절시킨다. 그래서 우리는 그의 약점들을 찾아내려고 한다. 경박함, 우쭐거리는 태도, 낭비벽, 과민한 성격 등. 그 앞에서 주눅이 덜 들고 싶어서다. 그러나 이런 사소한 것들이 개인으로서의 모차르트를 평범하게 만들었을지는 모르지만, 작곡가로서의 모차르트는 더욱 신비스럽게 만들어버렸다. 이렇게 많은 허물과 문제점을 가진 인간이 대체 어디서 이런 천상의 음악을 끌어온 것일까 하는 의문을 갖게 만드니까.

은총은 기적적이지만, 확실히 불공평하다. 우리가 보기에 그것은 감탄할 만한 것인 만큼 참을 수 없는 것이기도 하다.

'왜 하필 그일까?' 우리는 자문한다.

그 질문엔 답이 없다. 아니, 그보다는 '은총'이 답이다.

*

모차르트로 인해 베토벤과 논쟁을 벌이게 되었음에도 불구하고, 또 그의 극심한 질투에도 불구하고, 나는 여전히 베토벤을 좋아했다. 그가 나를 지도하고, 내 손을 잡아 이끌고, 튼튼해지도록 도와주었기 때문이다. 청소년기, 그 부서지기 쉬운 시기에 그는 내게 영웅적인 용기를 가르쳐주었다.

영웅이란 무엇인가? 절대로 기권하지 않고, 포기하지 않고, 장애물을 뛰어넘으며 계속 앞으로 나아가는 사람. 그는 용기, 고집스러움, 낙천주의를 무기로 사용한다.

베토벤은 영웅이다. 그는 모든 공격에 저항했다. 그가 술꾼인 아버지와 하녀인 어머니 사이에서 태어난 것, 그 열악한 조건 속에 던져진 것이 과연 우연일까? 그렇건만 그는 솟구쳐올랐다. 실패한 테너로, 탐욕스러웠던 아버지는 아들의 따귀를 때려가며 클라브생을 가르쳤고, 발로 차가며 바이올린을 배우도록 강요했다. 그가 아들을 굶기고, 욕설을 퍼붓고, 모욕했다고? 그랬다. 그럼에도 베토벤은 음악을 사랑했다. 아들에게 사랑을 거의 주지 않았던 그의 부모는 자신들이 무슨 일을 하고 있는지 몰랐던 것일까? 상관없다. 어쨌든 베토벤은 사랑을 사랑하게 된다. 스무 살에 청각장애가 덫처럼 그를 덮쳐 괴롭히고, 날이 갈수록 점점 더 그를 고립시켰다. 첫 세 작품을 제외하고는, 그는 장애로 인해 비통한 작품을 쓰게 된다. 사회관계, 우정관계, 부부관계를 박탈당하고, 고독하게 살아가지 않을 수 없었던 베토벤. 그런 그는 기쁨을 전혀 느끼지 못했을까? 아니다. 그는 온갖 불행과 장애에도 불구하고 인생의 황혼기에 환희의 찬가를 작곡했다.

"바보들이 이토록 많이 살아 있건만 베토벤은 죽고 없다니……!" 보 탕 로크 부인은 그렇게 외쳤었다.

그녀가 옳았다. 건강하고 많은 재산과 행복한 가정을 지닌 유복 씨와 유복 양이 유복하고 행복한 부부가 되었다는 것보다, 베토벤이 위대한 음악가 베토벤이 되었다는 것이 훨씬 더 찬양받을 만하다. 불공평한 게임. 그는 언제나 높은 곳을 겨냥했고, 곤경을 견뎌냈다. 그러나 유복 씨 부부는 아무것도 갈망하지 않았으며, 유복한 환경 덕분에 응석받이가 되었다.

베토벤은 우리의 영웅이기 전에 이미 자기 삶의 영웅이었다. 그는 '아무리 그렇더라도 상관없어!'를 표어처럼 휘두를 수 있었으리라. 언제나 자신의 목표에 다다를 기회를 노리고 있다가, 결국 모든 암초들을 극복하기 때문이다.

베토벤은 절대로 두 팔을 축 내려뜨린 채 절망에 빠져 있지 않았다. 그는 운명이 음악을 듣지 못하게 하자, 아무것도 들리지 않는 머릿속에서 스스로 음악을 창조해냈다. 운명이 그에게 기쁨을 주는 데 인색하자, 자기 안에서 스스로 기쁨을 만들어 교향곡 9번에서 마음껏 표현했다. 그리고 자신의 재능을 이용해 그 기쁨을 세상 사람들에게 전염시켰다. 받은 것이라곤 비참함밖에 없는 자가 베푼 너그러움. 메마르지 않는 관용.

그를 이긴 것은 오직 죽음뿐이다! 이백 년이 지난 지금까지도 베토벤은 여전히 이 땅에 남아 있기에 난 아직 그가 죽었다고 믿지 않지만…… 우리는 지금도 여전히 그의 오페라를 공연하고, 그의 모습을 조각하고, 그를 숭배하고, 그의 음악을 해석하고 설명한다. 죽음의 여신이 어떻게든 그를 무대에서 쫓아내고 싶어했지만, 그럼에도 불구하고 베토벤은 다시 돌아왔다. 절대로 꺾이지 않는 자……

나는 혼란에 빠졌던 시기에 교향곡 3번이나 월광 소나타를 많이 들었다. 정복자다운 당당한 아르페지오, 승리를 알리는 타악기 소리로 베토벤은 믿을 수 없는 에너지를 내게 불어넣었고, 재충전시켰으며, 식욕과 활기와 열망과 경쾌함을 되찾아주었다. 교향곡 3번에서 비록 장송 행진곡을 쓰긴 했어도 그것을 비교적 앞부분에 놓고, 장송 행진곡 뒤에 기쁘고 활기찬 두 개의 악장을 만들었다. 무덤이 끝이 아닌 것이다! 그는 내게 미래를 향한 길을 다시 열어주었다. 그래, 나는 풍요로운 삶을 살게 될 거야! 그래, 이번엔 내가 창조할 거야! 그래, 나는 내 꿈을 실현시킬 힘을 갖게 될 거야. 베토벤은 나의 나약함과 수동성을 씻어내주었다.

"시간은 지나가는 것이 아니라 다가오는 것이다."

그 시절 그는 세상에 대한 나의 인식을 수정해주었다. 나는 시간을 나의 운명으로, 마지막 일 초까지도 나를 뜯어먹는 식인종으로 받아들일 게 아니라 나의 능력으로, 할 수 있는 힘으로, 행동할 수 있는 재능으로 생각해야 했다. 베토벤은 나를 내 시간에게 명령하는 자의 자리에, 내 운명을 조종하는 자의 자리에 다시 앉혀놓았다.

이런 표현이 과장스럽다고 생각하는가? 음악이 소리로 이야기하는 것을 문장으로 정의하고 있는 내가 미친 짓을 하고 있는 것일까? 난 그렇게 생각지 않는다.

음악은 음악 이상의 무엇이다. 음악학교에서 음악을 배울 때에는 음악을 잊어버리지만, 고독 속에서 음악을 들을 때에는 음악을 느낀다.

음악가들은 우리 안에 음표, 화음, 리듬, 음색만 불어넣어주는 게 아니다. 그들은 자신들의 활력과 기질, 비전까지도 전달해준다. 떨리는 영혼의 깊은 곳, 내면에서도 가장 내밀한 곳을, 현을 두드리는 피아노의 해머처럼 때리며 들어오는 곡조들은 우리의 감정과 충돌하고, 감수성을 자극하며, 우리의 영혼을 위로하고, 뒤흔들고, 가볍게 해준다. 또한 기쁨, 분노, 인내심을 강화하고, 공포를 주기도 하고, 진정시키고, 완화하기도 한다. 우리의 내면을 음악보다 더 깊이, 더 빨리 건드리고 만지는 것은 없다.

음악은 우리의 정신적인 삶 속에 개입한다. 바흐, 모차르트, 베토벤, 슈베르트, 쇼팽, 드뷔시 같은 작곡가들은 단지 소리의 공급자로만 머물지 않는다. 그들은 감각을 공급하는 자들이기도 하다. 물론 그들은 플라톤이나 칸트처럼 개념을 사용하지 않는다. 그러나 훨씬 더 강하게 우리에게 다가온다. 추론과 계산의 밑바닥에 있는 근원까지. 우리의 영혼이 고동치고 호흡하고 감동하는 그곳까지. 순수이성론자들이 닿을 수 있는 범위인 이해력은 뇌의 여러 층 중에서 가장 피상적인 층도, 가장 중심적인 층도 아닌, 단 한 개의 층만 형성하고 있을 뿐이다. 개념들, 이론들, 가정들 밑에 그 나머지를 지탱하고 품고 있는 감동적인 무언가가 있다. 감정이라는 것.

음악의 화살은 그곳, 그 민감한 부분, 영혼의 속살에까지 도달한다. 그곳에서 음악은 지적인 메시지보다 정서, 내적인 힘, 가치관 등 영적인 메시지를 풀어놓는다. 콘서트를 단어로 표현하기 어렵고, 그래서 주저할 수밖에 없는 이유가 여기 있다. 왜

나하면 음악은 언제나 문장에 선행하고, 문장의 한계를 넘어서기 때문이다.

그럼에도 베토벤의 정신세계를 공식화해본다면…… 그것은 세 가지 요소로 구성되어 있다: 휴머니즘·영웅주의·낙천주의.

베토벤은 인간이야말로 강하고 위대하고 놀라운, 호기심의 대상이라고 내게 설명해주었다. 그는 인간을 숭배하는 자신의 종교를 내게 주입시켰다.

살아가고, 어른이 되고, 투쟁하고, 높은 이상을 향해 가는 것…… 사춘기 소년에게 이런 것들을 소중히 여기는 태도보다 더 중요한 것이 있을까?

모차르트는 내게 그런 말을 해주지 않았다. 바흐도 마찬가지고. 하지만 나에 대한 자신의 영향력을 확신하고 있던 베토벤은 나와 아옹다옹할 때마다 승리를 구가하고, 그래서 나의 구원자가 될 수 있었다. 반면 그의 경쟁자들은 내게 뭐라고 조언했던가. 모차르트는 "받아들여"라고 속삭였고, 바흐는 "무릎 꿇어"라고 말했다. 당시의 나로서는 결코 붙잡을 수 없는 충고들이었다. 아주 오랜 시간이 흐른 뒤에야 받아들일 수 있었던……

*

왠지 모르게 마음이 답답했던 나의 청소년 시절에 베토벤이 그토록 많은 영향력을 미쳤던 데에는 내가 우리 가족과 마찬가지로 무신론을 택한 탓도 있었을 것이다. 베토벤은 신에 관심이 없었다.

바흐의 음악, 그것은 신이 작곡한 음악이다.

모차르트의 음악, 그것은 신이 듣는 음악이다.

베토벤의 음악, 그것은 신에게 "우리 그만 헤어지자"고 설득하는 음악이다. 왜냐하면 그는 이제 인간이 신의 자리를 차지할 거라고 확신했기 때문이다.

베토벤으로 인해 신은 예술이 더이상 자기에 대해, 또 자기를 향해 이야기하지 않음을 깨달았다. 예술은 이제 인간에 대해 이야기하고, 인간을 향해 이야기한다. 신은 자신이 지배권을 잃었을뿐더러 인간과의 단순한 접촉마저 잃었음을 깨달았다. 신은 인간에게 자리를 빼앗기고 창백해졌다. 물론 인간 베토벤은 기독교적인 어휘·복음의 가치관을 간직하고 있었으며, 자신이 창조주를 경배하고 있음을 증명했다. 그러나 신께 기도하는 어느 친구에게 베토벤은 이렇게 말했다. "오, 인간이여, 그대 스스로 자신을 도우라." 베토벤은 신에 대한 신앙을 인간에 대한 신앙으로 대체한다.

인류 역사에 등장한 최초의 인간적인 음악……

신과 음악의 관계가 끊어졌다. 베토벤으로 인해, 신은 짐을 꾸려 악보에서 자리를 비우고 떠났다. 브루크너라든지 포레, 메시앙 등의 악보에만 아주 가끔씩 돌아올 뿐이다……

베토벤이 자신은 신자라고 말한 것을 보면, 하늘이 아예 텅 빈 것은 아니다. 그러나 이제 하늘은 더이상 열리지 않는, 아니, 우리가 더이상 열어보려 하지 않는 바닥문으로 축소되었다. 그리고 모든 것이 그 밑에서 굴러가고 있다.

베토벤이 눈을 들어 위를 올려다보았을 때, 그것은 구름을 관찰하기 위해서였지 결코 무한을 탐색하기 위해서가 아니었다. 그래서 그는 교향곡 6번 '전원'에서 폭풍을 묘사한다. 오, 고개를 한껏 뒤로 젖히고 살펴본다고 해서 목의 통증 따위를 겁낼 필요는 없다. 지극히 짧은 순간의 관찰로 충분하기 때문이다. 검은 수평선이 먹구름, 번개, 천둥으로 가득 차 있는가 싶더니, 곧이어 창공이 구토하듯 비를 쏟아낸다. 마지막 빗방울이 떨어지자마자 베토벤은 다시 땅을 내려다본다. 더이상 고개를 쳐들 일이 없다. 이제 그의 관심을 끄는 것은 시냇물과 농부들이니까.

그는 위에서 인간을 내려다보지 않는다. 땅 위에 발을 붙이고 바라보면서, 인간이 높이 있는 존재라고 생각한다. 베토벤의 집에는 주의 영광이라든지 마리아 찬미, 찬양하라 같은 곡이 없다. 바흐나 모차르트와는 달리 그는 창조주께 감사하지도 않고, 간구하지도 않는다. 신은 멀찌감치 존재하고, 베토벤은 신 없이도 해낸다.

교향곡 9번을 들을 때면, 나는 거대한 우주적인 이야기인 「창세기」를 목격하고 있는 느낌을 받는다.

𝄢: 1악장 세상이 시작될 무렵, 아직 빛이 없다. 세상은 이제 막 가까스로 형체를 지니려고 하는 불분명한 소리, 마그마로 시작된다. 오케스트라 가운데 원시의 가스가 스멀스멀 퍼져나간다. 그리고 분출한 물질, 부글부글 끓는 용암이 악보대들 사이로 기어가듯 흐른다. 점차 열기가 증가하고, 폭발하고, 분출한다. 베토벤은 우리를 창조의 용광로 속으로 데리고 간다. 원자들이 서로 스치고, 부딪치고, 뒤엉키고, 모이고, 결합한다. 점점 굳어져 덩어리들이 생긴다. 기체에서 액체로, 액체에서 고체로 변해가다가 드디어 폭발! 이 모든 과정이 다시 시작된다. 그리고 마침내 지구와 별들이 탄생한다.

자연이 탄생하는 이 역사의 과정 어디쯤에서 신이 끼어들 수 있을까? 어디에도 없다.

𝄢: 2악장 생명체가 나타난다. 생명이 터져나온다! 식물, 꽃, 싹

이 뚫고 나온다. 거대한 나무들이 일어서고, 동물들이 튀어나온다. 모든 것이 유쾌하고, 야성적이고, 분주하다. 소리치고, 노래하고, 춤을 춘다. 베토벤은 이 우주적인 봄을 단 한마디로 묘사한다. '몰토 비바체Molto vivace, 아주 빠르고 쾌활하게'. 그리고 이 광기는 춤곡인 파랑돌farandoles로 끝난다. 당연한 결말 아닐까?

♪: 3악장 이제 의식을 지닌 동물인 인간들이 나타난다. 인간의 출현은 신성한 것에 둘러싸인, 아주 귀중하고 기적적인 탄생처럼 도입된다. 놀라운 몇 개의 음들이 나타나더니 고상한 멜로디가 만들어진다. 모차르트나 쓸 수 있었을 법한 멜로디, 침묵에서 빠져나와 다시는 침묵으로 돌아가지 않는 멜로디다. 하나의 숨결이 존재하고, 그것이 차츰 피어나서 생기를 띠고, 스스로를 황홀해하며, 끝없는 소용돌이 모양으로 발전한다. 베토벤은 이제 막 회복하려는 연약한 인간을 감동적인 방식으로 우리에게 소개한다. 인간의 연약함은 무엇일까? 그의 힘, 곧 사고思考다. 부드러움과 연민으로 넘쳐나는 베토벤은, 수많은 두려움과 질문들을 통과하여 계속 이상을 좇아 나아온 이 불안한 동물을 자신이 얼마나 사랑하고 있는지 강조한다. 단출한 사중주곡으로 연주하는 것처럼 순수하면서도, 오케스트라 덕분에 더욱 풍부해진 이 곡은 인간의 조건을 찬양한다.

이 같은 천지창조를 따라가면서 우리는 세 단계의 시기를 목격한다. 세 개의 악장, 세 단계의 기간—광물이 지배하는 시기와 생물체가 지배하는 시기와 인간이 지배하는 시기.

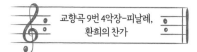

9: 4악장 창조의 결말인 기쁨. 첼로와 오케스트라가 서로 언쟁을 벌이고, 그 안에서 갈등이 포착된다. 존재에서 오는 고통, 그것은 얼마나 괴로운가! 그런데 느닷없이 첼로가 해결책을 속삭인다. 이것 봐, 즐거워하자고! 그냥 단순하게 기쁨을 찬양하잔 말이야! 사실 베토벤은 일생 동안 그것을 생각해왔었다. 그리하여 수년 전부터 그의 내면에서 배회하며 돌아다니던 한 문장을 마침내 여기서 내뱉는다. 이 주제는 1808년에 작곡한 작품번호 80, 피아노·합창·오케스트라를 위한 합창환상곡에서 알을 깨고 나와 1824년에 비로소 안정된 형태를 얻은 것이다. 자, 드디어 그 멜로디가 힘차게 솟구쳐오른다. 그리고 눈부신 빛을 뚜렷하게 발한다.

그런데 오케스트라가 갑자기 멈춘다. 마치 자동차가 급브레이크를 밟는 것처럼. 무슨 일일까?

오호라! 인간의 목소리가 들어온다.

친구들아, 불평을 그치자!
기쁨의 외침이 우리 축제의 노래를, 우리의 경건한 화음을 하늘까지 오르게 하자!

바리톤이 이 말을 내뱉자, 사십오 분간의 오케스트라 연주 이후에 갑자기 깨어난 합창대가 메아리처럼 이에 화답한다.

기쁨이여!

오, 드디어 외쳤다!
이후로 모든 것이 조용해졌다가, 그다음 멜로디를 가수가 속삭이듯 부른다. 그것은 그윽하고 감미로운 숨결. 봄의 향기를 싣고 오는, 우리를 매혹하여 빠져들게 하면서도 취기를 일으키지 않는 부드러운 미풍. 그것이 달콤하게 들어온다. 기쁨, 미풍, 애무, 밤의 공기 속에 있는 향기. 누가 막을 수 있을까! 교향곡 안에 뛰어든 가사와 인간의 음색은 가히 충격적이다. 하지만 베토벤은 이것을 이미 염두에 두고 치밀하게 준비해왔다. 3악장의 아다지오에서 꾹 참고 자제하면서 에너지를 축적해온 터였다. 그러니 이제 상상을 초월하는 어떤 것이 필요할 때다. 말하자면 이 시점에서 팽팽하게 감긴 용수철이 튕겨나가야 한다! 인간의 목소리, 바로 이것이 베토벤의 오케스트라에 필요했던 것이다. 그 증거? 먼저 멜로디가 첼로에 의해 순수한 음악의 모습으로 나타나고, 그것을 바리톤이 기쁘게 이어받는다. 여기서 멜로디는 가사보다 더 중요하며, 가사는 멜로디가 내뱉는 거품으로만 머문다.

기쁨이여! 신들의 아름다운 불꽃이여,
낙원의 딸이여,
우리의 영혼은 환희에 취하여
그대의 영광스러운 신전에 들어간다.
그대의 신비로운 힘은
인간들이 만든 분열을 다시 이어준다.
그대의 부드러운 날개가 안식하는 그곳에서,
모든 인간은 형제가 된다.

높이 날아오르도록 베토벤이 달아준 그 강력한 날개가 없었다면, 내가 과연 프리드리히 폰 실러의 시구를 그토록 사랑했을까? 두 거장의 작품을 각각 다른 단어로 구분하는 것은 확실히 옳다. 우리는 실러의 시를 "환희의 송가Ode à la joie"라고 부르고, 베토벤의 밀려드는 파도 같은 소리는 "환희의 찬가Hymne à la joie"라고 부른다. 후자는 시를 초월하고, 강렬하고 열광적인 소용돌이를 그려내고, 네 명의 솔리스트와 합창 사이에 주고

받는 교감을 이뤄낸다. 그러다 갑자기 모든 소리가 침묵하면서 귀가 멍해지는가 싶더니, 이어서 행진이 시작된다. 준엄하면서도 영웅적인 광채로 빛나는 군대식 행진! 기쁨이 세상을 정복한 것이다. 그러고 나서 열정적인 현악기들의 연주가 있은 후, 흥분으로 폭발한 오케스트라 위에서 합창단이 노래하는 '찬가'가 울려퍼진다. 그런데 갑자기 예상치 못한 일이 일어난다. 속도가 느려진 것이다. 황홀에 빠진 합창단과 솔리스트들이 창조주 하느님을 떠올리게 하는 가사를 노래하면서, 종교적인 감동에 압도된다. 여기서 베토벤은 결정적인 승부를 건다. 그가 숭고함이 배어든 나른한 속도에서 끝을 낸다면, 그것은 이 음악이 하늘의 침묵과 결혼할 준비가 되어 있다는 뜻이며, 아마도 바흐나 모차르트가 자주 찾아갔던 하늘의 신비한 수평선과 맞닿게 될 것이다. 그런데 그의 음악은 여기서 끝나지 않는다! 베토벤은 신을 향해 첫마디를 외쳤지만, 마지막 말은 신에게 향하지 않는다. 그의 음악은 다시 폭발하고, 들끓고, 분출하며 북을 두드려대기 시작한다. 기쁨이 야성의 상태로 돌아가고, 무아지경의 상태로 방향을 틀어버렸다. 그것은 디오니소스적인 춤, 마지막 폭발이며, 요란한 우주적 축제다.

　그 인상적인 최종 화음 앞에서 우리가 할 수 있는 거라곤, 탄성을 내지르며 박수를 치는 것뿐이다. 이 작품이 퍼뜨린 환희에 전염되고, 건강한 활기에 사로잡힌 청중은 가능한 한 빨리 음악가들에게 감사하지 않을 수 없다. 교향곡 9번은 필연적으로 승리를 거둔다. 아마추어 음악인이든 전문 음악인이든 간에, 오케스트라와 합창단으로 구성된 교향악단들이 수세기 전부터 이 열정적인 작품을 연주해왔다. 비록 서툰 연주일지라도, 활력을 주는 힘과 낙천성을 지닌 이 격정적인 작품은 비가 올 때나 전쟁의 포화 속에서나, 연주될 때마다 매번 사람들의 마음을 정화하고 새롭게 해주었다. 베토벤의 작품 중 가장 숭고한 이 작품은 우리가 가장 쉽게 다가갈 수 있는 곡이다. 그 작품을 연주하고 듣는 것은 곧 예배다. 인류가 드리는 예배. 나이, 피부색, 사회계층, 종교를 초월하여 모든 이들을 받아들이는 예배이며, 우리가 고통을 극복하고, 환희 속에서 모험을 해야 한다고 가르쳐주는.

나는 이 작품을 '환희의 찬가'보다는 '환희를 통한 구원'이라고 부르고 싶다. 왜냐하면 베토벤의 음악은 교훈을 주기 때문이다. 우리의 인생이 비극적이고 고통스럽지만, 비극은 받아들여져야 하고, 고통은 극복되어야 한다는 교훈을. 그러니 벗어나자! 해방되자! 우리는 슬픔을, 이 피할 수 없는 슬픔을 어떻게든 겪어내야 하기 때문에, 그 슬픔을 음미하며 즐겨서는 안 된다. 그보다는 기쁨을 음미하며 즐기자. 환희가 지배하기를! 베토벤은 우리를 에너지의 학교로 데리고 가서 외친다. 자, 고대 그리스 식으로 열광하자. 다시 말해 신들을 우리들 가운데로 내려오게 하자. 부정적인 것에서 벗어나자. 종말론을 따르기보다 바쿠스의 축제를 즐기자. 이렇듯 베토벤은 기독교 도보다 이교도에 더 가깝다.

깊은 구렁의 유혹과 삶의 즐거움 사이에서 베토벤은 후자를 선택했다. 그는 열정을 더 좋아한다.

그러나 저 하늘 높은 곳에서 구름의 가장자리에 걸터앉은 신은 이 교향곡 9번이 고약한 소음을 내고 있다고 생각한다. 하지만 인간들이 이 곡을 제대로 이해한다면, 신은 휴가 기간을 조금 더 연장할 수 있지 않을까……

*

연인들은 언제나 두 사람을 하나되게 만들었던 바로 그 이유 때문에 헤어지는 법이다. 베토벤은 그의 긍정적인 생각과 열정적인 자극으로 나를 매혹시켰다. 그런데 내가 그를 버리고 도망쳤던 이유도 바로 그 때문이다.

나는 스무 살에 베토벤과 헤어졌다. 그가 준 것들을 이미 다 받고, 이해하고, 소화하고, 흡수했다고 생각했기 때문이다. 그래서 나는 그가 말을 걸어오기만 하면, 지겨워서 그의 말을 가로채버렸다. 그가 더는 입을 열지 못하도록.

난 다른 곳으로 옮겨가고 싶었다.

철학은 관념의 세계로 나를 재빨리 데려가주었다. 나는 그때까지 나를 지배했던 가치관, 성향, 기호, 곧 베토벤이 내게 보여주었던 뜨거운 열기의 용광로로부터 매몰차게 돌아섰다. 그리고 오성悟性의 연구소로 들어섰다. 언제나 임상실험을 필요로 하는 그 냉철하고 메마른 공간으로. 정의定義, 추리, 추론, 전제에 대한 질문, 논쟁 들만이 중요한 공간으로. 올바로 사고하려면 정서를 멀리해야 한다고 생각하는 철학자들의 편견은 실은 틀린 것이지만, 그 편견에 굴복한 나는 순수 지식인으로 변해갔다. 그때부터 내게 베토벤은 혼돈스럽고, 뒤죽박죽이고, 걸핏하면 감동하고, 지나치게 흥분하는 인간으로 비춰졌다. 사실 난 베토벤만 멀리했던 게 아니다. 그 몇 년 동안엔 모차르트, 슈베르트, 쇼팽도 기피했다. 오직 음악의 문법학자들이라 할 수 있는 쇤베르크, 베베른, 베르크 혹은 불레즈에게만 관심을 가졌다. 불레즈의 경우에는 그의 음악을 더 알기 위해 콜레주 드 프랑스Collège de France*에서 수업까지 들었다.

새로운 지식인이었던 당시의 내게 모든 감정은 열병에 속한

---

* 석좌교수들의 공개강좌를 여는 프랑스 고등교육 및 연구기관.

것이었다. 그 젊은 합리주의자에 따르면, 마음은 늘 불합리한 것을 흡수한다. 아름다움에 대한 경험조차 불확실하고 애매한 것일 뿐이었다. 의미를 끌어내는 것, 그것이 철학의 관심사이며 절대적으로 철학만이 할 수 있는 일이었다.

그렇게 해서 나는 우리 시대의 인간이 되어갔다. 어렸을 적에는 선반 위에서 굴러다니는 책이라든지, 주변의 세속적인 범인凡人을 가차 없이 총살시키는 보 탕 로크 부인과의 대화 등 우연한 만남을 통해, 독창적이고 야성적이며 때에 어울리지 않는 자기만의 문화를 만들어갈 수도 있다. 하지만 스무 살이 되면 자신이 살고 있는 시대와 약혼을 하고, 대학에 들어가면서 그 시대와 결혼을 하게 된다. 나 역시 우리 시대의 가치관, 규칙, 편견과 포옹하고 입을 맞추었다. 수영을 배우려고 나선 내게 수영장이라곤 순응주의 수영장밖에 없었다…… 나는 동시대인들의 땀 속에서 철벅거리며 발장구를 쳤다. 그것도 가장 많은 사람이 모이는 피크타임에. '영향력의 시간'이라고 할까?

노래하는 새들의 운명을 보자면, 나이팅게일이 되기 전에 먼저 앵무새의 단계부터 거쳐야 하는 법이다.

동물이 자신을 보호하기 위해 혹은 다른 동물을 사냥하기 위해 주위의 다른 생물이나 무생물과 모양, 색깔, 행동을 비슷하게 만들듯, 나는 우리 시대에 지배적이던 비관론을 채택하는 의태 행위를 했다. 전체주의를 만들어내고, 유혈이 낭자한 세계대전을 두 차례나 일으키고, 나치의 인종 청소 계획을 세우고, 소비에트의 강제 노동 수용소를 만들었던 20세기. 산업화로 오염된 땅 위에 원자폭탄이 터진 이후 그 후유증으로 생명체가 위험에 빠지는 등 한마디로 재난의 향기를 내뿜는 환경을 갖게 된 이 시대. 이런 시대에 살고 있으면서도 18세기, 19세기를 살았던 우리 조상들처럼 여전히 인류가 진보하리라 믿는 것은 어지간한 바보가 아니고서는 불가능한 일일 것이다! 낙천주의는 수용소 안에서 죽어버렸다.

지식인들은 절망의 증인들이다. 그들은 충격을 받고, 정신적 외상을 입었다. 비관주의는 사회 속에서 생기는 온갖 견해들을 갖가지 다양한 색깔로 물들인다. 때로는 허무주의, 흔하게는 냉소주의, 그리고 가장 일반적으로는 쾌락이나 이익을 숭배하는 맹렬한 개인주의의 색깔을 띤다. 그 속에서 사라져버린 한 가지가 있으니, 인간에 대한 인간의 꿈이었다.

오늘날의 개인은 내일의 종말을 막연하게 느끼는 정도가 아니라, 종말이 이미 시작되었다고 믿는다.

그러니 환희의 찬가는······

*

취리히. 1990년 말 나는 그 낯선 도시를 걷고 있었다. 준엄
하면서도 교태를 부리고, 부유하면서도 소박하고, 활기에 차
있으면서도 졸린 듯한 취리히. 나는 그 도시의 한 극장에서 공
연될 내 연극을 관람하기 전에 먼저 기자단을 만나기로 되어
있었다. 이 기회를 이용하여, 다른 극장에서 올리고 있는 공연
들을 보면서 며칠을 보낼 작정이었다.

마침 베토벤의 유일한 오페라 피델리오의 포스터가 눈에 들
어왔다. 오, 이런, 피델리오라니…… 가만있어봐, 지휘자가 아농
쿠르? 이 독특한 지휘자는 연주하는 작품마다 드라마틱한 뼈
대에 활기를 불어넣는 자이다. 그렇다면 이 공연을 안 볼 이유
가 없지. 나는 피델리오에 나오는 몇 곡을 알고 있었다. 하지만
한 번도 공연을 본 적이 없고, 전곡을 들어본 적도 없었다. 이
작품에 대한 악평을 많이 들었기 때문이기도 하고, 베토벤 자
신도 여러 버전을 만들 만큼 이 작품에 만족하지 못했다는 후
문 때문이기도 했다. 내 생각에는 베토벤이 극예술이라는 장르
에 대해 잘 몰랐던 것이 분명하다. 그는 모차르트를 무척 좋아
했지만, 도발적인 바람둥이의 이야기를 다룬 돈 조반니 등의 소
재가 너무 저속하다는 이유로 희가극 제일인자의 오페라를 비

난하지 않았던가? 나는 베토벤의 그런 근엄한 지적이 너무 어리석다고 판단했다. 그래서 본래의 제목이 '레오노레 혹은 부부애의 승리'였던 이 피델리오가 썩 내키지 않았다. 부부애라니! 이 얼마나 고리타분하고 웃기는 주제인가! 미덕을 설교하는 오페라라고? 참으로 권태롭기 짝이 없는 관점이다…… 나는 점잔을 빼느라 연극적인 요소들을 모두 제거해버리고 무미건조해진 작품을 상상해보았다. 이에 대해 따진다면, 베토벤은 결혼을 해본 적이 없기 때문에 자신도 무슨 말을 하고 있는지 몰랐다고 변명할 테지…… 숫총각이 이상화한 부부의 삶이라……

자, 이것이 취리히 오페라 극장에 들어갈 때의 내 마음 상태였다. 그랬는데……

부부애를 다뤘다는 피델리오의 서곡은 일반적으로 달콤한 주제를 가진 오페라의 서곡들이 보여주는 매혹적이고 달달한 분위기와는 달리, 깊은 계곡 속에서 갑작스레 거칠게 튀어올랐다. 침묵 속에서 돌연한 폭발음이 터져나오더니, 곧이어 명상하듯 흐르는 음악 위로 호른이 연주하는 생생한 주제 선율이 탄력적으로 솟아오르면서 역동적인 힘을 오케스트라에 전염시킨다. 점잔을 빼지도 않고, 그렇다고 기교를 부리는 것도 아닌 그 선율을 듣고 있노라니, 오페라에 온 것 같은 생각이 들지 않았다. 오히려 화려한 샹들리에도, 부드러운 벨벳도, 덧없는 자만심도 잊어버릴 정도였다.

드디어 어두운 무대 위에서 막이 서서히 올라간다. 무대는 감방 안이다. 다시 말해 암흑 속. 그 담대함이 나를 두렵게 한다! 아니, 오페라를 즐기러 온 서정적인 청중의 신경을 이토록 거스를 수도 있단 말인가? 베토벤은 오페라의 무대 장식이 보여주는 화려함을 거부했다. 그 순간 이 오페라에는 춤도 발레단도 없을 것임을 확신했다. 베토벤은 서정적인 예술을 선호하는 경쾌하고 보수적인 청중 앞에서, 온갖 위험을 무릅쓰고 확실하게 모험을 하고 있었다. 나는 이 오페라가 실패하지 않을까 두려움마저 들었다. 마치 베토벤의 자살을 직접 목격하고 있는 듯한 기분……

극 이야기 자체도 나를 불안하게 만들었다. 하지만 나는 이를 꽉 물고 참는다. 말도 안 될 정도로 이상한 점이 한두 군데가 아니다. 우선 레오노레가 사라진 남편 플로레스탄의 흔적을 찾으려 애쓰고 있는 중이다. 그런데 그녀는 남편이 아내에게 싫증을 내고 다른 젊은 여자와 눈이 맞아 나가서, 이십 년이나 지난 후에 여러 명의 아이들을 옆에 끼고 나타날지도 모른다는 상상 따위는 눈곱만치도 하지 않는다. 신기하게도 그녀는 남편이 실종된 그 순간부터 그가 억울하게 요새의 감방 안에

갇혀 있을 거라고 가정한다. 바로 그 요새가 무대다. 레오노레
는 요새 안으로 들어가기 위해 남자로 변장하고, 감방 간수의
조수 자리를 얻는 데 성공한다. 그런데……! 오페라에서 다반
사로 있는 일이긴 하지만, 남자로 변장한 이 여인이 나타나는
순간부터 모든 등장인물들은 귀가 멀고 눈이 멀어버린다. 잘록
한 허리와 풍만한 엉덩이를 가진 예쁘장한 소년이 여성이라는
사실을 아무도 눈치채지 못하다니! 그들은 그녀의 소프라노
목소리를 황소의 호르몬을 가진 장중한 바리톤의 소리로 듣
고 있는 것이다. 마치 천사가 무대 구석구석을 누비면서 그녀
를 남자처럼 보이도록 모든 사람의 눈을 막고, 귀를 막고 있기
라도 한 듯이…… 이 이야기에 등장하는 또다른 여인 마르첼리
나 역시, 이미 약혼자를 두고 있으면서도 피델리오, 다시 말해
레오노레의 친절에 마음을 빼앗겨버린다. 생각해보라. 더할 수
없이 영악한 그녀이건만 허술한 남장 차림의 피델리오가 여성
임을 전혀 알아차리지 못할 뿐 아니라, 한술 더 떠서 아예 반해
버리고 만다니! 오, 마르첼리나! 그녀는 남성적인 매력이라곤
일 퍼센트도 없는 체격을 선호하는 취향을 가졌든지, 아니면
자기도 모르게 레즈비언이었든지 둘 중 하나일 수밖에 없다.

　나는 족히 삼십 분 동안 계속 한숨을 쉬면서, 내가 이 극을
과연 끝까지 인내심을 갖고 지켜볼 수 있을지 염려했다. 하지

만 베토벤은 나의 망설임 따위는 안중에도 없다는 듯 고집스럽고 자신 있게 전진하고 있었다. 냉정하고도 준엄한 사람……

레오노레가 무대 가장자리로 나와서 의심과 분노, 고통, 소망을 노래한다. "추악한 자여, 어디로 걸음을 서두르는가?" 나는 노래에 귀기울이기 위해 반사적으로 눈을 감았다.

그러자 그때부터 모든 것이 이해되기 시작했다…… 시각을 닫아버리자, 비로소 연극이 제대로 보인 것이다. 이제 나는 음악 속에 존재하고 있었다. 어느새 무대는 지하 감방으로 바뀌었다. 오케스트라는 극 이야기가 공들여 만들어지고 있는 장소였다. 악기들이 극 안에서 각기 하나씩 역을 맡고 있고, 거기에 가수들의 목소리가 합류했다. 감정들, 열망들, 동작들, 조명들 하나하나가 베토벤에 의해 쓰였다. 과연 그가 옳았다. 무대장치는 필요 없다. 연기 자욱한 암흑만으로 충분했다. 쇼가 지녀야 할 전통적인 요소들과는 달리, 진정한 공연이란 고통스러운 심정들을 보여주는 데 있었다.

마음이 흔들렸다. 그러다 죄수들의 합창 오, 얼마나 즐거운지! 가 내 마지막 망설임마저 잠재워버렸다. 피델리오, 정말 흥미진진한 작품이다.

2막에서 지하 감방 안에 갇힌 플로레스탄이 나왔을 때, 나는 얼어붙고 말았다. 거기에 베토벤이 묘사하는 인간이 있었다.

족쇄에 채워지고, 모욕을 당하고, 모든 것을 박탈당하고, 사슬에 묶여 어둠 속에서 꼼짝도 못하고, 사랑을 금지당한 인간! 병든 채 바위에 묶여 있는 패배한 프로메테우스의 모습. 그 영웅이 내게 감동을 주었다. 그는 아직도 무언가를 기다리고 있을까? 그는 절망의 포로인 것 같았다.

하지만 타협을 모르는 고집 센 레오노레가 결국 그를 구할 것이다. 그를 해방시키고, 그가 햇빛을 볼 수 있게 해줄 것이다.

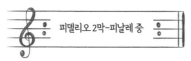 황홀감에 빠져서 부르는 오, 신이여! 이 얼마나 놀라운 순간인가!는 나를 더 높은 곳으로 이끌어갔다. 샹들리에가 사라지고, 오페라 극장의 천장도 날아가버렸다. 나는 창공을 보고 있었다.

마지막 노래가 끝나자 몸이 떨려서 박수조차 칠 수 없었다. 두 뺨에 느껴지는 뜨거움은 눈물이 흐르고 있음을 알려주었다…… 내가 박수를 치지 못해도, 극장 안은 연주자들이 받아 마땅한 승리의 쾌거를 열광적으로 전해주고 있었다.

베토벤의 독특한 서정극은 기념비적인 최초의 근대적 오페라인 몬테베르디의 오르페오를 뒤집어엎으면서, 동시에 그 작품을 계승한다. 베토벤의 극에서, 영웅은 아내인 에우리디케를 찾으러 지옥으로 내려가는 남편 오르페우스가 아니라 감방에 갇힌 남편 플로레스탄을 찾으러 가는 아내 레오노레다. 묘한 유사성…… 부부의 정절을 이야기하고, 상대를 사랑으로 치유하도록 자극하기 위해서는 말로 이야기하는 것보다 음악으로 이야기하는 것이 더 효과적인 것일까?

공연 후에 나는 새로운 몽상에 사로잡혀 오랫동안 취리히의 밤거리를 거닐었다. 겨우 160센티미터 남짓한 작은 여성, 바지를 어설프게 입고 날카로운 억양을 지닌 그 레오노레, 극 초반에는 너무나 비아냥거리고 싶었던 그 가정주부로부터 작곡가가 추출해낸 숭고한 영역을 내내 생각했다. 베토벤은 나를 어떤 길로 인도했는가! 막이 올라갈 때에는 조소했지만, 막이 내릴 때에는 감사의 마음에 숨이 멎을 뻔했다. 내 시각은 조롱에서 감탄으로 넘어가면서 확연히 변했다. 납에서 금으로 바뀌었다고 할까……

베토벤의 연금술의 비밀은 어떤 공식을 갖고 있을까?

아리스토텔레스에 대한 어렴풋한 기억이 떠오른다. 아리스토텔레스는 무려 이천사백 년 전에 희극과 비극을 분석하면서 정신적인 논점에 따라 그 두 가지를 구별했다. 희극은 인간 안에 있는 소소한 것들을 그려내고, 비극은 고결한 것을 그린다는 것이다. 하나는 낮은 것을 목표로 삼고, 다른 하나는 높은 것에 초점을 맞춘다. 희극과 비극을 구분하는 것은 웃음이냐, 눈물이냐가 아니다. 희극을 본다고 해서 반드시 웃음을 터뜨리는 게 아니고, 비극을 본다고 반드시 흐느끼는 것도 아니다. 그 기준은 오히려 철학적 내용에 있다. 희극은 인간의 단점을 강조한다. 어리석음, 비열함 등. 반면에 비극은 인간의 장점을 찬양한다. 지성, 용기 등. 희극은 인간을 축소하고, 비극은 인간을 확대한다.

비웃는다는 건 우리가 비난하는 자들에 대한 우리의 우월성을 확인시키는 것이다. 누군가를 비웃는 사람은 차갑고 쌀쌀하고 건방진 태도로 그를 판단하고, 규탄하고, 비난한다. 그러나 진정한 희극 작가는 자신이 묘사하는 인물보다 결코 스스로를 우위에 놓지 않는다. 때로 자신을 상대만큼 하찮은 존재로 인식하고, 그리하여 연민을 택한다. 이 형제애적인 연민을 우리는 유머라고 부른다. 그럼에도 불구하고 냉정하건 열정적이건 간에, 다른 사람들에게 웃음을 던져주려는 자들은 인간에 대한 절망적인 관점을 전달하지 않고, 환상에서 깨어나 각성케 하는 관념을 표현한다.

반대로 비극 작가는 인간의 위대함과 위엄을 추구한다. 그래서 주인공은 영웅으로 승격되기 마련이다. 비록 상처를 입었을지라도, 굴욕을 당할지라도, 더 나아가 죽는다 할지라도, 그는 머리를 당당하게 들고 맑은 눈동자를 간직한다. 그리고 꿋꿋하게 버틴다. 베토벤처럼, 비극적인 영웅은 감탄을 불러일으킨다.

베토벤은 내게 그것을 증명한다. 인간은 막다른 궁지에서도 노래할 수 있고, 비극을 인식하면서도 낙관론을 주장할 수 있다는 것을. 우리는 인간의 악과 폭력과 고통을 규탄하고, 어둠과 구속과 무지 안에 있는 인간을 묘사한다. 그렇기 때문에 우리는 인간의 탁월함을 이야기하고, 용기를 찬양할 수 있다.

나는 내가 이전에 갖고 있던 선입견들이 얼마나 어리석었는지 되돌아보았다. 조금 전만 해도 오페라 극장의 발코니석에 앉으면서, 미덕을 이야기하는 오페라는 결코 성공할 수 없을 거라고 장담하지 않았던가!

우리 프랑스인들이 지겹도록 되풀이하는 말이 있다. "선한bon 감정이 훌륭한bon 문학 작품을 만드는 것은 아니다." 앙드레 지드의 재치 있는 표현이다. 이 말이 주변의 냉소주의 혹은 허무주의의 강제 조약에 굴복한 삼류 풍류객들에게 가면 이렇게 변한다. "선한 감정은 시시한mauvais 문학 작품을 만든다." 그러므로 전투적인 지성인인 지드까지 포함하여 코르네유, 괴테, 루소, 디킨스, 그 외의 다른 많은 작가들이여, 아듀! 바흐여, 굿바이! 베토벤이여, 안녕! 모두모두 도덕의 쓰레기통으로! 열리지도 않는 장식용 창문을 순전히 균형미 때문에 만드는 사람들은 한술 더 떠서 여기서도 대구법의 문장을 만들어낸다. "악한mauvais 감정이 훌륭한 문학을 만든다" 혹은 "악한 감정이 문학을 발전시킨다"라고. 마치 감정이란 것이 가치 있는 문장을 쓰고, 위대한 이야기를 만들고, 사상과 표현 사이의 긴밀한 결합을 만들어내는 재능을 주는 것처럼. 기지 넘치는 단순한 언행만으로 문학의 기초를 세우고, 기준을 제공하려하다니, 우리 시대는 참으로 유감스럽기 짝이 없다. 이 무슨 참담한 실패인가…… 물론 이런 어리석은 태도는 앙드레 지드의 농담에서 비롯한 게 아니라, 바보들이 그 농담을 끌어다 만든 이상한 말들에서 비롯되었다. 어쨌거나 그 말들이 이 지성적인 남자의 말을 빌려다 쓴 것이니, 본의가 아니었던 앙드레 지드로서도 딱하게 된 셈이다.

그런데 피델리오를 보기 전까지만 해도 나 역시 그 바보들 무리에 속해 있었다. 어리석은 편견에 가득 찬 채 취리히의 오페라 극장에 들어섰기 때문이다. 하지만 작품의 생명력이 나를 한순간에 그 무리에서 뛰쳐나오게 해주었다.

그렇건만 나는 취리히에서의 경험을 잊어버리고, 그 경험을 손수건 사이에 잘 접어넣고 가슴속에 간직했다. 그러고는 그날 밤에 내가 느낀 기분은 수치스러울 것까지는 없지만, 적어도 시대착오적인 것이라고 결론내렸다. 시대의 흐름을 역행하는 바람. 나는 그 바람을 따라갈 용기도 없고, 세상에 대한 내 견해를 수정할 용기도 없었다. 내 표피적인 의식이 그 점을 분명한 목소리로 확신시키고 있었다.

그렇지만 내 안의 깊은 곳에, 상상 속에, 감수성 속에, 기억 속에 더 뚜렷한 흔적 하나가 가라앉아 있었다. 그것이 스스로 자기 일을 해나갈 것이다. 나 없이 혼자서도.

나 없이도. 말이 많고, 언제나 사회를 의식하고, 늘 영향을 쉽게 받는 나, 곧 내가 '자아'라고 부르는 그것 없이도.

이후로 작가로서의 나는 '선한 감정'이라는 말을 사용했다는 이유로 공격받을 것이다. 그러나 다행히도 취리히에서 만난 그 경이로운 피델리오와 베토벤 덕분에, 나는 반격 대신에, 어깨를 한번 으쓱하고는 계속 내 길을 갈 수 있게 될 것이다.

*

나는 너무 빨리 나아간다.

돌발적인 사건들, 약속들, 흘러간 수십 년의 시간, 생각들, 음악…… 이 모든 요소들은 각기 자신만의 고유한 리듬을 갖고 있다. 진실은 시간과 무관하다. 그래서 하나의 만남이 몇 년 후에야 비로소 '결정적인' 것으로 드러날 때도 있다. 첫 사건, 첫 경험, 첫 느낌이라고 말할 때의 '첫'이라는 표현은 이후 그런 사건, 경험, 느낌을 백 번쯤 겪고 나서 새로운 변화를 가져본 뒤에야 비로소 '처음'이라는 특성을 취득한다. 우리의 삶은 연대기적으로 진행되지만, 정신의 생애는 그렇지 않다.

자전적인 이야기가 갖는 함정이 있는데, 그것은 단편적이고 분리된 실제들에다 한 가지 질서, 곧 시간적·서술적 혹은 논리적인 질서를 강요한다는 점이며, 그리고 그때부터 운명의 천을 짜내려가는 조직망을 더이상 존중하지 않는다는 점이다. 그런데 이 조직망이라는 것은 연대기와 상관없고, 언제라도 분할할 수 있는 아주 복잡하고 섬세한 것이다.

베토벤은 나의 일상에서 사라졌었다. 다시 말해 의식적인 나의 일상에서 사라진 것이다. 나는 베토벤의 소리를 더는 듣지 않았고, 그의 생각을 참고하지 않았으며, 그에 대해 생각하지도 않았었다.

그래서 꽉 찬 마흔 살의 나이에 뉘 카를스베르 글립토테크 미술관에서 베토벤의 마스크, 조각상들로 가득 찬 방에 들어섰을 때, 나는 그 자리에서 온몸이 마비되고 말았다.

그것은 두 개의 시간대에서 일어난 일이었다.

"이럴 수가!" 나는 깜짝 놀라 중얼거렸다. "확실히 베토벤은 우리 선조들에게 굉장히 중요한 인물이었던 거야. 그의 초상화와 조각상 들을 수집하고, 그것들을 상품화할 계획까지 세웠던 걸 보면! 그와 한 번도 대면한 적이 없으면서도, 자신의 재능을 아낌없이 쏟아 그의 형상을 빚은 비범한 조각가들이 이렇게 많다니!"

나는 무엇보다 베토벤이 지금 세대와 단절되어 있음을 새삼 깨달았다. 오늘날엔 그의 초상화를 그리고, 조각을 빚고, 그를 이용해 장사하려는 사람들이 없기 때문이다.

"나 역시 예전에는 이 남자와 수백 시간을 함께 보냈었는데!"

나는 말없는 베토벤의 두상에 시선을 고정시켰다.

베토벤은 눈 한 번 깜빡거리지 않고 내 시선을 고스란히 받아냈다. 자기 안으로만 파고드는 내성적이면서도 강인한 표정으로. 외부에서 나는 소리는 들리지 않지만 내면에서 나는 소리는 아주 잘 들린다고 그의 얼굴이 말하고 있었다. 그 어떤 것도 그의 집중력을 분산시킬 수 없을 것이다. 그의 모든 것이 그의 힘을 보여주고 있었다. 근육으로 이뤄진 듯한 얼굴, 튼튼한 목에서 느껴지는 정력, 사자의 것 같은 턱, 해결책을 찾으려고 깊은 생각에 잠길 때마다 핏줄이 불뚝불뚝 솟아났을 법한 넓은 이마, 그리고 그 주위를 덮고 있는 무성하고 덥수룩한 머리털, 외적 세계를 관찰하기보다 내적 세계를 더 많이 표현하려는 듯, 사람을 얼어붙게 만들 것처럼 쏘아보는 깊은 두 눈―두 눈은 얼굴뿐 아니라 두개골 안으로도 깊이 패어 있으리라. 그리고 그 공격적인 표정을 부드럽게 만들어주는 보조개와 얇고 섬세한 입술.

베토벤의 흉상이 말하기 시작했다. 윙윙거리고, 노래하고, 음표의 물결을 쏟아내기 시작한 것이다…… 그의 에너지가 터져나왔다. 내 안에 들어온 것은 그의 음악만이 아니었다. 어떤 정신적 상태도 내 안에 함께 들어왔다. 나는 사라졌던 기억에 접근할 때 느끼게 되는 그런 감정을 느꼈다. 이별의 고통과 재회의 기쁨이 결합한 감정.

나는 베토벤이 나를 그리워하고 있었음을 알았다.

우주에 대한 한 개념이 떠올랐다.

어떤 개념이냐고?

한 인간에 대한 믿음. 경박한 자기 시대의 반대편에서 가난, 난청, 실연, 질병 등 점점 쌓여가는 온갖 장애에 저항하면서, 온갖 비평들을 무시하고, 유행에 무관심했던 베토벤. 그는 한 인간, 개인의 확신을 신뢰했다. 그리고 그것을 개인주의와 혼동하지 않았다. 개인주의는 태만, 무관심 안에서 자라가는 이기주의다. 반면 그의 확신은 한 인간이 자신의 재능을 펼치고 있다는 생각과 온전한 자기 자신이 될 수 있는 힘에 대한 믿음

이다. 그 힘은 후세 사람들까지 포함하여 동시대인들을 변화시
킬 수 있고, 사회에 영향을 미칠 수 있는 힘이다.

우리 시대는 개인의 능력을 죽였다. 오늘날엔 아무도 개인이
중요하다고 생각하지 않는다. 이제 개인은 가루로 빻아지고,
다진 고기처럼 이용되고, 기술의 진보에 뒤처지고, 은행과 정
부와 자본주의 대기업들의 탐욕에 노출된 존재로만 여겨질 뿐
이다. 경제구조, 재정구조, 정치구조, 미디어구조 들이 승리를
외치면서 개인에게 강제력을 행사한다. 그래서 우리는 더이상
혁명을 믿지 않고, 개인의 자주권을 비웃는다.

아우슈비츠가 그것을 증명한다. 아우슈비츠는 그저 한 장소
만을 뜻하는 것이 아니고, 대학살만 지칭하는 것도 아니다. 그
것은 개개의 인간을 분쇄시키는 권력, 전체주의를 상징하고,
인간의 본질을 비워낸 세상을 상징한다. 아우슈비츠가 증명하
는 것은, 과학과 기술에는 혹 진보가 있을지 몰라도, 인류 안에
는 결코 진보가 없다는 사실이다. 철저한 실패. 시간이 흐르면
서 인간은 더 선해지지 않았고, 더 똑똑해지지도 않았으며, 더
도덕적인 존재가 되지도 않았다. 인류는 체계적으로 향상되지
도, 불가피하게 향상되지도 않았다. 야만인들이 아무리 정보와
지식을 축적하고, 고도의 기술까지 통제할 수 있다 해도 개인
의 불꽃이 없으면, 야만성 안에 정체되어 있을 뿐이다. 아우슈

비츠는 유대인, 집시, 동성애자 들의 무덤인 동시에 희망이 매몰된 곳이다.

뜻하지 않게 코펜하겐에서 만나 느닷없이 소나타들, 교향곡들, 관념들을 내게 들이대는 그 활력 넘치는 두개골 앞에서 나는 자문했다. 과연 우리가 이 게임을 포기하는 것이 옳은 일일까?

이 시대가 우리를 짓누르고 으스러뜨리도록 내버려둬도 될까? 우린 더이상 우리 인류를 믿을 수 없는 것일까? 살아가는 것이 아니라, 어떻게든 살아남는 것을 해결책으로 삼아야 할까? 오직 결말만 기다리면서 손을 놓고 있어야 할까? 결국엔 부조리가 모든 영역을 차지하고 말 것인가?

베토벤의 흉상이 나를 일깨웠다. 베토벤을 보면서, 난 지난 이십 년 동안 신발에 발가락만 겨우 꿰신은 채 걸어왔다는 것, 내 외피 속에 일부만 머무르고 있었다는 것, 내 정신의 한 부분이 불타 없어졌다는 것을 깨달았다. 베토벤은 그런 나의 감정들을 일깨웠고, 내 정서들을 다시 회복시켰다. 그리고 내가 무언가를 할 수 있고, 나 자신과 싸울 수 있고, 나를 위해 투자할 수 있으며, 균형 잡힌 사람으로, 그저 살아가는 것을 넘어서 다른 사람들을 사랑하며 살 수 있으리라는 생각까지 불어넣어주었다.

공격적이고 의지가 강하고 투지에 불타는 베토벤은 마치 숫

양이 부숴버릴 작정을 하고 양 우리의 문을 바라보듯 경멸의 눈초리로 나를 훑어보았다.

나는 그가 나의 망설임을 부숴버리도록 허락했다.

베토벤은 두 번 죽었다. 19세기에 육체가 죽었고, 20세기에 그의 정신이 죽었다. 그리고 그의 죽음과 함께 휴머니즘도 상당 부분이 꺼져버렸다.

끝났다! 우린 더이상 인간을 신뢰하지 않는다.

대체 누구를 믿는단 말인가?

그래도 구원은 여전히 가능할까?

*

불씨보다 더 아찔한 것은 없다.

불씨는 태어나는 순간부터 죽어간다. 그것은 아주 짧고 연약한 생명을 갖고 있어서, 똬리를 틀 장소를 찾지 못하면 한번 반짝 치솟았다 스러져버릴 뿐이다. 그래서 우리는 불씨쯤은 만만하게 여기고 도무지 경계를 하지 않는다. 그러나 불씨는 모든 것을 삼키는 화재, 결코 끌 수 없는 불, 공포의 화마를 불러올 수 있다.

생각은 하나의 불씨다. 부는 듯 안 부는 듯 미풍이 불 때, 자신이 확산되었을 때 얼마만한 규모로 무섭게 타오를 수 있을지 불씨는 전혀 알려주지 않는다. 세상을 끔찍하게 불태울 수 있듯이, 선하게 불태울 능력도 있다는 것도 알려주지 않는다.

베토벤의 뇌 속에 바로 그런 불씨가 있다.

그래서 그의 흉상이 나를 뚫어지게 바라볼 때면, 그가 내 안에도 그 비슷한 불씨 하나를 일으키고 있다는 느낌을 받는다. 나는 다시 인간을 믿기 시작하고, 그의 용기에 감염되어 개인의 힘을 믿기 시작한다.

인간이란 무엇인가?

바로 이 질문을 던질 수 있는 존재. 인간으로 존재한다는 건 끊임없이 이런 질문들을 갖고 다닌다는 것이다. 인간으로 존재한다는 건 모든 문제가 제기되는 장소를 자기 육체 안에 지니고 있다는 뜻이다.

절대로 화려하지 않다. 인간의 조건은…… 결코 탐나는 것도 아니다. 인간에 비하면 동물들은 얼마나 운이 좋은가! 동물들은 질문거리가 무엇인지 드러나지 않아도 답을 얻을 수 있는 본능을 은총으로 받았다. 또한 죽을 수밖에 없는 존재임을 의식하지 않기에, 존재한다는 의식을 굳이 두 배로 즐겨야 할 필요도 없다. 인간의 공통분모인 불안, 그것은 빛나는 은총이 아니다. 의심에 사로잡힌 채, 탁한 물의 늪 속에서 앞으로 나아갈 수

밖에 없는 인간은 우리의 나약함, 무지만 서로 공유할 뿐이다.

옛적부터 인간들은 인간의 조건을 증오해왔다. 그들은 자신들의 정체성에 잘 적응하지 못한다. 그래서 자신들이 차라리 신이나 조각상, 심지어 나무였으면 더 나았을 거라고 여긴다. 그들은 자신들의 존재를 구성하고 있는 아찔한 빈약함을 혐오하면서, 자신들이 생각보다 훨씬 더 견고하고, 더 치밀하며, 결코 덧없는 하루살이의 운명이 아니라고 주장한다. 그래서 자신들에게 뿌리가 있다고 꾸며낸다. 그들은 자신이 태어난 장소, 가정, 부족, 국가, 종교로 자신을 정의한다. 그리고 현재의 자기 자신에 집중하는 게 아니라 존속하는 것에 집착하고, 그것에 근거를 두고, 그것에 자신을 구속시킨다. 지속성 안에 존재하고 싶은 나머지 영원토록 견고한 청동 속으로 스며들고자 애쓴다. 정체성 같은 문제에 휘말리기를 거부하면서, 인간이라는 본래의 정체성을 아무런 문제도 불러오지 않을 거라 믿는 거짓 정체성으로 대체해버린다. 각자가 인간으로 존재하기를 잊어버린 채 자신을 미국인, 중국인, 프랑스인, 바스크 사람, 가톨릭 신자, 무슬림, 동성애자, 부자, 가난한 자 등으로 여기는 것이다. 마치 가면 하나로 그 사람 전체를 가릴 수 있을 것처럼, 마치 입고 있는 옷 한 벌로 인간의 조건을 감출 수 있을 것처럼······

그러나 베토벤은 자신이 쉽게 속는 자가 아니라고 외친다.

명철한 그는 인간의 여정이 전쟁터이며, 인간은 패배하여 그곳을 떠나도록 운명지어졌음을 잘 알고 있다. 힘, 사랑하는 사람, 재능 그리고 결국엔 생명까지도 잃고 이 세상을 떠나야 하니까. 그러므로 우리는 얻는 것이 없다. 내일이라는 시간이 실현할 수 있는 유일한 약속은 우리의 패배다. 알퐁스 도데의 무서운 우화 「스갱 씨의 염소」에서 우리는 염소가 결코 늑대를 이길 수 없음을 보았다. 그 이야기에서 자유를 갈망한 새끼 염소는 야생의 자연을 찾아 감옥 같은 울타리를 벗어나서, 꿈에도 그리던 자유의 초원과 싱싱하고 맛난 풀을 마음껏 즐긴다. 그러나 결국 밤은 오고 마는 법. 늑대가 입맛을 다시며 새끼 염소에게 다가온다.

새끼 염소는 밤새도록 싸우다가 결국 아침에 잡아먹히고 말았다는 늙은 르노드의 이야기를 한순간 떠올렸지. 그러자 차라리 빨리 잡아먹히는 편이 낫겠다는 생각이 들었어. 하지만 곧 다시 한번 생각해보고는, 머리를 숙여 뿔을 앞으로 내밀었지. 스갱 씨의 용감한 염소답게 경계 태세에 들어간 거야. (……) 늑대를 죽일 수 있을 거라는 희망을 가졌기 때문이 아니야. 염소는 결코 늑대를 죽일 수 없으니까. 다만 자신이 르노드만큼 오래 버틸 수 있는지 시험해보고 싶었던 거야…… 드디어 괴물이 앞으로 다가왔고, 새끼 염소의 조그만 뿔들이 춤을 추기 시작했어. 아! 용감한 새끼 염소, 얼마나 최선을 다해 싸웠는지! 그 녀석은 늑대가 숨을 고르기 위해 열 번도 넘게 뒤로 물러서게 만들었어. 그 짧은 휴식 시간 동안 이 어린 먹보는 신선하고 맛보는 풀 한줌을 급하게 뜯어 먹었어. 그러곤 입에 한가득 풀을 담은 채 곧 다시 전투에 들어갔지. 전투는 그렇게 밤새도록 계속되었어. 스갱 씨의 염소는 가끔씩 맑은 밤하늘에서 별들이 춤추는 것을 올려다보며 생각했어. '오! 새벽까지만 버틸 수 있다면……'

모든 것에 정해진 종말이 있다면, 열심히 해봤자 무슨 소용이 있는가?

무엇 때문에 새벽까지 싸우면서 버텨야 한단 말인가?

베토벤은 격해진 검은 두 눈으로 나를 삼킬 듯이 바라보며 내게 반박했다.

"목표는 불안한 인간의 조건을 전지전능한 불멸의 조건으로 바꾸는 데 있지 않아. 아무렴, 아니고말고. 목표는 인간의 조건을 가지고 살아가는 데 있어."

그럴 수 있으려면, 우선 우리의 약점, 실패, 고통, 난처함 등을 받아들여야 한다. 지식에 대한 환상을 버려야 한다. 타인을 과오를 저지를 수 있는 형제로 인정해야 한다. 이것을 휴머니즘이라고 부른다.

그런 상태를 유지하려면, 실패에 대한 두려움과 삶에 대한 두려움과 죽음에 대한 두려움, 모든 두려움과 투쟁해야 한다. 이것을 용기라고 부른다.

그것을 지켜내려면, 인간 안에 있는 가장 좋은 것, 우주 안에 있는 가장 아름다운 것, 창조물들 안에 있는 가장 감탄스러운 것을 추구해야 한다. 이것을 숭고함이라고 부른다.

그런 것을 추구할 수 있으려면 슬픔과 혼란, 일시적인 것에 대한 증오, 그리고 소유욕을 초월해야 한다. 두 팔을 벌리고, 에너지를 중시하고, 삶을 찬양해야 한다. 이것을 기쁨이라고 부른다.

휴머니즘, 용기, 숭고함에 대한 갈망, 기쁨을 선택할 것. 이것이 베토벤이 제안한 네 가지다.

우리는 이것을 인간의 도리morale라고 부른다.

*

코펜하겐을 다녀온 지 몇 주 후, 다시 내 삶 속에 베토벤이

들어왔다. 나는 그에게 내 집을 활짝 열었고, 그가 나를 다시 길들이도록 내맡겼다.

베토벤과 내가 사이좋게 침대나 소파 위에서 보낸 것이 하루에 몇 시간이나 되었을까? 나는 그의 피아노 소나타를 들으면 들을수록 질긴 가죽 같은 내 마음이 부드러워짐을 느꼈다. 나의 지성 밑에서 반항, 격정, 연민, 감동 들이 되살아났다. 내 안에서 황폐해졌던 영역들이 다시 생기를 되찾으며 회복되는 느낌을 받았다.

나는 순수함을 재교육받고 있었다.

선한 순수함……

순수함에는 해로운 것과 유익한 것, 두 가지가 있기 때문이다. 악이 없다고 부인하는 순수함과 악에 맞서 싸우는 순수함.

악한 의도들이 존재함을 모르고, 불의를 과소평가하며, 인간에게 가학적 취미, 잔인성 혹은 어리석음이 있다는 것을 인정하지 않는 순수함은 위험하다. 인간이 천사의 화신이라 믿는 순결주의angélisme가 이런 순수함에 속한다. 이런 순수성은 맹목적인데다, 현실과 동떨어져 있기에 어리석음과 만나기 마련이다.

반대로 유익한 순수함은 부패한 세상에 대해 환상을 품지 않는다. 확실한 징표? 그 순수함은 우리를 행동하게 한다. 부정적인 것과 협력하기를 거부하고, 전투에 참여하고, 긍정적인

가치관을 끊임없이 확신하고, 인간이 상황을 개선시켜야 한다고 주장한다.

회피하는 우리 시대의 반대편에서 베토벤은 내게 본질적인 순수성, 곧 신뢰를 다시 가르쳤다. 너 자신의 힘을 믿어라, 그리고 믿으려고 애써라.

고집스럽고, 순수하고, 활처럼 팽팽하게 당겨진 베토벤은 내가 결코 손을 떼지 못하도록 내게 책임을 지운다.

"바보들이 이토록 많이 살아 있건만 베토벤은 죽고 없다니……!"

나의 피아노 선생님은 그렇게 외쳤었다.

베토벤은 단호한 여인 보 탕 로크 부인이 '바보들'이라고 지칭했던 자들, 끼리끼리 무리짓고 있는 자들을 내게 보여주었다: 무관심한 자, 무신경한 자, 냉소주의자, 허무주의자가 그들이다.

무관심한 자는 그 어떤 것에도, 그 누구에게도 관심이 없고 뭐가 어떻게 되든, 누가 뭐라 하든 아랑곳하지 않는다. 오직 자기에게만 관심이 있을 뿐이다. 그에게 유대감을 이야기하는 것은 민달팽이에게 뜨개질하는 법을 가르치려는 것과 같다. 그는 자신의 공동체나 자기 세대로부터 왕따를 당하는 일이 있어도 여전히 자신만의 즐거움을 누릴 것이다. 주변인들에게 이

방인처럼 여겨지고, 이기적이고, 누구도 가까이 갈 수 없는 존재인 그는 보호 경계선으로 둘러싸인 '나'라는 영토에 살고 있다. 그 영토의 국경선을 통과해 들어갈 수 있는 사람은 아무도 없다.

무신경한 자는 자신이 이미 모든 것을 보았고, 알았고, 경험했고, 들었기에 삶이 너무 피곤하다고 고백한다. 그가 피곤한 것은 분명한 사실이다. 왜냐하면 그는 자기와 비슷한 것들만 알아볼 뿐, 자기와 다른 것들을 식별하지 못하는데, 그런 그의 지각은 세월이 흐를수록 둔화되기 때문이다. 게다가 그는 자신도 모르는 사이에 상상력마저 완전히 메말라버렸다. 마멸의 희생자.

냉소주의자는 세상을 탁월한 방식으로 해석한다. 그리고 끊임없이 의심하는 능력을 십분 발휘하여 언제나 백색 밑바닥에 깔린 흑색의 흔적을, 미덕 밑에 있는 악덕의 찌끼를, 이타주의 밑에 가라앉은 이기심의 자취를 기어이 밝혀내고, 이상적인 것에 알레르기 반응을 보인다. 베토벤을 싫어하는 그는 자신의 지성을 마치 명증의 배를 가르는 메스처럼 사용하고, 환상을 찢어버리고, 현실에서 주름 속에 숨겨진 부분들을 어떻게든 끄집어내서 펼쳐 보인다. 그는 특이한 취향을 갖고 있어서, 알려지지 않은 추한 것들, 감춰진 계산들, 잘못된 근거들만을 강조한다. 그는 밑바닥, 저속함, 비천함을 겨냥하는 것이 방향을 옳게 맞추는 것이라고 믿는다. 그에게 사고한다는 것은 파괴하고 해체하는 것을 의미하지, 결코 건설하거나 창조하는 것을 의미하지 않는다. 저속한 부류의 환심을 사려는 이런 태도는 단지 냉소주의자가 타인들에 대해 지니고 있는 극히 미약한 존중심을 표현하는 것일 뿐 아니라, 특히 이상한 경쟁심을 드러내는 것일 수 있다. 그는 이렇게 선언한다. "세상은 악하다. 그러므로 우리는 적어도 세상보다는 더 악해야 한다."

지나치게 탁월함을 추구하는 그는 자신의 지성을 숭배하는 경향을 점점 발전시켜간다. 그런데 그의 지성이란 건 사실 '고발하는 능력'에 불과하다. 그런 냉소주의자에게 이상적인 것이라곤 단 하나, 오직 자신의 성공뿐이다! 그래서 그의 금언은 이렇다. "모든 것이 가치 있다. 따라서 아무것도 가치가 없다. 그 사실을 환히 아는 나를 제외하고는."

허무주의자는 아무것도 믿지 않고, 오직 순수만 열망하는 자다. 급진주의자이기도 한 그는 허무의 성자가 되고 싶어한다. "아무것도 가치가 없다, 나도, 내 삶도."

허무주의의 논리적 결과는 자살일 터이다. 그러므로 우린 정통적인 허무주의자는 만날 수 없다. 진정한 허무주의자는 이미 죽고 없을 테니까. 우리에게 거드름을 피우며 허무를 논하는 자들은 가짜, 잘난 체하는 자, 혹은 허무주의자가 되려고 지원한 자, '원하지만 감히 그럴 배짱이 없는 자', 한마디로 앞뒤가 맞지 않는 자들이다. 따라서 우리는 실패한 허무주의자들만 만나게 된다.

반대로 낙천주의자 베토벤은 자연스럽다. 그는 인간적인 세상의 부요함을 믿고, 그 세계의 풍요로움, 그 세계가 간직하고 있는 수천 가지의 경이들을 믿는다. 베토벤은 무덤 사이를 배회하는 망자가 아니다. 그는 여전히 주의를 기울이고 있고, 은총 입을 기회를 엿보고 있고, 복잡성을 식별하고, 위대함을 좇는다. 니체의 『자라투스트라는 이렇게 말했다』에 나오는 한 문장이 이런 베토벤의 시각을 훌륭하게 요약해놓은 듯하다. "세상은 깊다. 낮이 생각했던 것보다 훨씬 더 깊다."

*

베토벤의 인도를 받으면서 나의 회복기가 시작되었다. 그러자 갑자기 삶이 내게 함정을 팠다. 내가 사랑하는 사람이 다른 사람과 사랑에 빠졌다는 것을 알게 된 것이다.

이 새로운 사실을 누구로부터 전해들었냐고? 그녀 자신으로부터였다. 그녀는 그 사실을 아주 조용하게, 아무런 공격성

없이, 단호하고 솔직하게 말했다······

이별을 통고하는 것이 아니라, 그저 하나의 사실을 언급한 것뿐이었다. 결정을 내려야 한다면, 그것은 내가 할 일이었다.

칼에 베이듯 그녀의 고백에 깊이 베인 나는 무거운 발걸음으로 서재로 올라갔다. 그곳에 갇혀 있고 싶었다. 계단을 올라가는 그 짧은 이십여 초 동안, 나는 글을 쓰는 작업실이 나의 피난처가 되어줄 거라고 생각했다. 그곳에 있는 동안은 고통을 느낀 적이 거의 없었기 때문이다. 지금까지 난 그곳에서 내 작품 속의 피조물들과 함께 행복하게 지냈으며, 높은 창문을 통해 보이는 파스텔 색조의 하늘과 하얀 벽과 백지 사이에서 마음껏 숨을 쉴 수 있었다.

난 마치 꼭 해야 할 일이라도 있는 것처럼 책상 앞에 앉았다. 그러곤 대체 내게 무슨 일이 일어난 건지 생각해봤다. 이 얼마나 모순인가! 질투에 대해, 그 불쾌한 감정과 기분, 사랑의 증상보다 훨씬 더 많은 불안의 증상들에 대해 수없이 많은 글을 쓰긴 했지만, 이제 실제로 내가 질투할 기회가 온 것이다.

나는 지금 괴로운가? 그랬다. 내 안에서 하나의 꿈이 깨졌다. 나와 그녀가 유일하고, 영원하고, 결코 평범치 않고, 특별하고, 모범적인 사랑을 하고 있다는 꿈이 부서진 것이다. 우리가 이 세상에 존재하는 동안 계속될 거라고 믿었던 사랑······

그 고귀한 이야기에서, 진부하고 상투적인 것이 승리했다. 우린 결코 예외적인 자들이 아니었던 것이다. 내가 유혹을 느꼈던 여러 순간들을 떠올렸다. 그때는 내가 우리 관계를 망칠 뻔했었다. 그때마다 유혹을 포기하기 위해 느꼈던 고통을 상기하며 분노했다. 그 포기의 대가로 때로 슬픔과 무기력과 우울을 겪어야 했었다는 사실을. 그러다 나는 내가 그녀 곁에 없었던 시간들, 태만했던 순간들을 떠올리며 나를 질책하기에 이르렀다. 그런 것이 이런 우연한 사랑의 도피를 일으켰을 것이기 때문이다.

몇 분 후 나는 백지를 까맣게 채워가기 시작했다. 고통스럽긴 하지만, 먼저 나의 고통을 뱉어낼 필요가 있었다. 나의 반감을 토해내고, 마음속 깊은 감정을 으스러뜨리는 것을 배출해야 했다. 그런 다음 순수하게 생각했다. 내가 쓰는 글들이 현실을 바꿀 수 있을까? 다른 세계를 만들어낼 수 있을까? 나는 편지를 써야겠다고 생각했다. 그 편지를 통해 모든 것을 바꾸고, 과거를 떼어내고, 미래를 수정할 거라고 믿으면서. 그런데 여남은 문장을 써내려가다가 그런 내 방식이 우둔하다는 것을 곧 이해했다. 나는 내 생명을 만든 신도 아니고, 내 삶을 창조할 수 있는 조물주도 아니었다. 내겐 주권이 없었다. 고통을 멈추게 할 힘조차도.

두려워진 나는 종이들을 밀어냈다. 그리고 늘 하던 습관대로 소파에 몸을 던졌다. 내가 글을 쓰는 동안 나의 개들이 주인이 일하는 모습을 감시하겠다는 듯 자리잡고 앉는 소파다. 나는 두 가지를 잃은 기분이 들었다. 하나는 내가 사랑하던 여인과의 관계가 조금 전에 깨졌다는 것. 또 하나는 내 삶에 또 하나의 신성한 요소인 글쓰기를 내가 방금 파기했다는 것. 왜냐하면 조금 전의 나는 예술가로서 글을 쓴 것이 아니라, 나 자신을 위로하기 위해 글을 썼기 때문이다. 내가 쓴 글은 그 누구를 향한 것이 아니고, 오직 울부짖음의 증상에 불과했던 것이다……

울기 시작했다. 오, 그러나 나는 눈물에 속지 않고, 오히려 눈물을 즐겼다. 노스탤지어의 눈물…… 나는 다시 어린아이가 되기 위해 울었다. 누군가가 날 위로해주러 올 거라고 믿고 싶어서, 생각지 못한 슬픔이 마법처럼 우주를 변화시킬 거라고 믿고 싶어서 울었다.

두 시간 후에 나는 나의 가짜 마법을 모두 다 써버렸다. 글쓰기와 흐느낌.

나는 어떤 도움도, 기교도, 가식도 없는 솔직한 나를 되찾았다. 그러자 고독이 나를 덮쳤다. 침묵이 두려웠다.

나는 거의 명상에 가까운 동작으로 라디오를 틀었다. 한 곡이 막 끝나고 있었다. 잠시 침묵. 프로그램 진행자가 연주자들의 이름을 알려줄 거라고 생각했다.

그런데 다시 음악이 시작되었다.

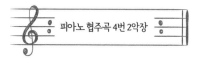 어떤 곡인지 금방 알
수 있었다. 피아노 협주곡
4번의 느린 악장. 또 베토벤이다! 나는 라디오를 끌까 말까 망
설였다……

오케스트라가 나를 사로잡았다. 그러곤 내 마음을 흔들고,
나더러 가만히 듣고 있으라고 명령했다.

첫 부분은 갈등이다. 서로 대립한 두 개의 실체. 격정적이면
서 드라마틱한 현악기들과 차분하고 부드러운 피아노의 대립.
현악기들은 뿜어내고, 긁어대고, 위협하고, 으르렁거린다. 피
아노는 조용히 속삭인다. 이들 음색의 대립이 절정에 이르렀
다. 모리스 라벨과 마찬가지로 현악기와 건반악기는 어울리지
않는다고 늘 생각해왔던 나는 다시 한번 그것을 확인했다. 정
력적이고, 지속적이고 긴장된 소리를 가진 현악기들의 무거운
파트가 가냘프고 고독한 피아노를 사정없이 때려눕히려는 것
같았다.

두 실체가 서로 연주를 주고받는 사이사이에 잠깐씩 끼어드
는 침묵.

이중의 침묵이다. 무엇인가가 죽을 때의 침묵과 무엇인가가 태어날 때의 침묵. 현악기들의 굉음이 증발할 때의 침묵과 피아노의 선율이 연약하게 나타날 때의 침묵.

그때 나는 이해하기 시작했다……

모순적인 에너지들의 충돌. 골리앗과 마주한 다윗. 거인 앞에 선 어린 소년. 누구나 첫눈에 그 결과를 빤히 알 수 있는 전투…… 그런데 현악기들이 위압감으로 위협하고 있음에도 불구하고, 피아노는 전혀 톤을 높이지 않은 채 놀라운 평안함을 유지하고 있다.

시간이 지나면서 경쟁자들의 관계가 차츰 바뀌어간다. 우레 같은 소리를 내던 현악기들이 흔들리며 동요하고, 광풍 속에서 이쪽저쪽으로 쏠린다. 점점 더 자주 나타나긴 하지만 피아노의 상냥함을 무너뜨리지 못한다. 결국 점차 힘이 줄어들면서 자신의 메아리만 되풀이할 뿐이다. 반면 피아노는 홀로 자기의 길을 계속 나아가며, 화음의 꽃을 부드럽게 피워나간다. 드디어 유리한 고지를 점령한 피아노는 긴 트릴을 계속하면서 더 예민하고, 더 감동적이고, 더 아름다운 울림을 과시한다. 다시 돌아온 현악기들은 이미 순하게 길들여져서 피아노 앞에 납작 엎드린다.

이제 갈등은 약해졌다. 고요한 명상이 요란한 소동을 무찌른 것이다. 너그러움이 지배하기 시작한다.

영웅주의는 우리가 믿고 있던 자리에 있지 않는 것일까? 공격적인 태도, 우람한 팔뚝 근육, 공포감을 조성하는 허풍쟁이의 위협적인 표정 안에 있지 않고, 자기를 돌아보는 마음, 관용, 동의 안에 있는 것일까?

나는 나 자신을 피아노에 동일시했다. 패배로 주눅든 듯한 연약한 목소리로 속삭이는 피아노. 그 목소리는 자신이 연약하다는 것을 알고 있지만, 타인의 수단을 빌려오지 않고, 힘있는 자를 모방하지 않고, 울부짖지 않는다. 상대의 폭력에 폭력으로 답하지 않는다.

그것은 소란스러움에 대항하여 조화를 권하는 속삭임의 승리며, 낙담에 맞선 소망의 승리다. 사랑은 먼저 손을 내민다. 사랑은 미소짓는다. 사랑은 더 높은 곳을 향해 올라가고, 사랑은 발전하며, 사랑의 수액은 모든 것을 삼킨다.

나는 벌떡 일어나 방을 나선다. 용서하겠다는 소식을 빨리 알려주고 싶어 조바심내며 계단을 내려간다.

조금 전에 고통스러워했던 것에 대한 후회가 나를 후려친다. 난 정확히 무엇 때문에 고통스러워했을까?

나는 사랑 때문이 아니라 자존심 때문에 고통스러웠다. 평범한 사랑이 아니라 결코 변질되지 않는 특별한 사랑, 우월한 사랑을 하고 있다는 자만심을 갖고 있었기 때문이다.

나는 사랑 때문이 아니라 인색함 때문에 고통스러웠다. 내가 사랑하는 사람을 다른 이도 사랑할 수 있음을 인정하길 거부하고, 오직 나를 위해서만 그녀를 간직하고, 그녀의 모든 감정들을 나의 금고 속에만 가둬두려고 했기 때문이다.

나는 사랑 때문이 아니라 정신적인 혼란 때문에 고통스러웠다. 만일 그녀가 다른 이를 사랑한다면, 그건 나를 덜 사랑해서가 아니라 어쩔 수 없이 다른 사람도 사랑하게 되었기 때문이다. 내가 모든 남자들을 대표한다고 주장할 수 있을까? 그리고 우리 두 사람의 사랑이 모든 사랑을 구현한다고 주장할 수 있을까?

나는 용서한다.

베토벤은 나를 공격적인 충동으로부터 정화해주었다. 그것은 그녀와 나의 관계를 아름답게 만들어주었고, 그것이 바로 진정한 사랑이었다. 나는 사랑을 죽이지 않을 것이다. 나는 오히려 한 가지 도전을 하고 싶어졌다. 사랑이 존재함을 증명하겠다는 도전.

계단 밑에서, 나는 그녀를 용서했을 뿐 아니라, 그녀를 받아들였다.

*

"농담이겠지!" "당신, 지금 헛소리하고 있는 거야." "과장이 지나치군."

어떤 사람들은 내 말을 믿기 어려울 것이다. 그리고 나를 따라오길 거부할 것이다. 단지 사랑에 대한 나의 개념만이 아니라, 내가 주장하는 행동 원리마저 거부할 것이다.

"어떻게 베토벤이 당신에게 충고를 한단 말이오? 베토벤이 어떻게 당신에게 이렇게 해라, 저렇게 해라 지시를 한단 말이오?"

그들은 프란츠 리스트가 피아노 협주곡 4번을 다른 식으로 연주했다는 점을 내게 상기시키려고 할 것이다. 리스트는 이 악장을, 죽은 아내를 찾으러 지옥으로 가는 오르페우스와 그를 방해하는 복수의 세 여신 사이의 결투로 보았다. 또 사람들은 리스트도, 나도 그저 되는대로 떠벌리고 있는 거라고 말할 것이다. 왜냐하면 현악기들과 피아노 소리의 대립은 남성과 여성, 음과 양, 성인과 어린아이, 죽음과 생명, 악과 선, 빌라도와 예수 등 무엇이든 마음대로 가져다 대립시킬 수 있다고 보기 때문이다.

그들은 "음악은 음악일 뿐이오!"라며 화가 나서 소리를 지를 수도 있다. "음악은 아무것도 표현하지 않고, 아무것도 보여주지 않소! 음악은 추상적 추론, 음악적인 추론에 불과할 뿐이지. 음악은 의미를 넘어서 존재하는 것이니, 군이 정신의 영역으로 끌어들이려고 고집하지 말란 말이오."

얼마나 이상한 태도인가······ 이들은 체제 유지만을 고집하는 자들이다. 그들은 음악을 위한다고 생각하면서 오히려 해치고 있다. 왜냐하면 그들은 우리의 삶에서 음악을 떼어내고, 음악이 우리에게 미치는 힘을 잘라내려 하기 때문이다. 음악을 있어도 되고 없어도 되는 것, 무의미한 것, 액세서리, 하찮은 것, 대수롭지 않은 것으로 만들고 있기 때문이다.

물론 음악이 아무것도 표현하지 않는다는 점에는 나도 기꺼이 동의한다. 비록 작곡가들이 사계, 전원 교향곡 같은 서술적인 제목을 열렬히 좋아한다고 해도, 꽃을 그린 보티첼리가 비발디와 동등할 수 없고, 자연을 묘사한 코로가 베토벤과 동등할 순 없다. 작곡가가 자신의 음악에 아무리 명확한 주제를 지닌 악장을 삽입한다 해도, 결국은 음악이 현실을 타당하게 재현해낼 수 없다는 것만 고백하게 될 뿐이다. 작곡가의 해석이 없으면, 음악만 듣고는 그것이 무엇을 표현하고 있는지 도무지 알 길이 없는 것이다.

그러나 아무것도 표현하지 않는다고 해서 아무 의미도 없는 건 아니다. 음악은 인간의 마음을 만지고, 정서 속으로 침투하여 감정을 뒤흔들어놓고, 인간을 변화시키고, 그의 가장 깊은 내면에까지 이른다.

피아노 협주곡 4번을 들으면서 리스트가 복수의 여신들 앞에 선 오르페우스를 떠올렸을 때, 그리고 내가 치정 범죄나 결별을 피하고 의연한 사랑의 이해를 택했을 때, 리스트도 나도 단지 각자 자신이 믿고 있는 진리를 제시했을 뿐이다. 우리는 이 음악의 힘과 생명력을 증언한다. 우리는 이 협주곡을 묘사하면서, 이미지와 악절 들을 통해 그 음악이 각자 안에 일으켰던 내적인 충격, 영향력, 풍요로움을 이야기했다. 그 음악의 영향을 받은 것은 우리의 귀나 뇌만이 아니라, 그보다 더 큰 영역, 즉 삶 전체를 포함한 우리의 전 존재였음을 증언한 것이다……

음악이 의미 있는 것은 그것이 한 가지 정확한 의미만을 갖지 않고, 수많은 의미들의 은유이기 때문이다. 우리가 시를 문학의 음악이라고 여기는 것은 시가 한 가지 의미만을 갖는 일의성을 추구하지 않고, 수많은 의미들을 자극하고 암시하기 때문이다.

신비는 명료함보다 더 많은 생각을 하게 만드는 법이다. 신비는 명료성을 방해하기는커녕 오히려 그것을 공급한다.

*

　나는 음악의 나무를 알고 있다.

　우리는 시골에서 지낼 집을 찾다가 어느 날 그런 집을 만나게 되었다. 담쟁이덩굴로 덮인 중세의 탑과 푸른색 돌로 지어진 17세기의 석조 건물 주변에 정원을 갖춘 집이었다. 그런데 그 정원 한가운데, 짙은 색의 나무 한 그루가 부드러운 나뭇잎들을 화관처럼 쓰고 서 있었다. 처음엔 그리 눈에 띄지 않고, 여느 식물처럼 그저 자기 자리를 지키고만 있었다. 나무는 우리가 주변의 건물들을 마음껏 둘러보고, 그곳 땅을 이리저리 거닐어보고, 성채를 구석구석 살펴보도록 내버려두었다. 그동안 나무는 우리를 기다리는 데 만족했고, 우리가 탐색을 끝내면 자기 그늘 아래로 찾아오리라 확신하고 있었다. 아닌 게 아니라 우리는 향기로운 나뭇가지들로 뒤덮인 그 시원한 그늘 아래로 가서 이 지역의 장단점들을 검토하고 토론했다. 그때 분명한 사실 하나가 우리들 안으로 서서히 침투해들어왔다. 이곳이 우리 마음에 쏙 들었다는 것이었다. 그후에 그곳을 몇 번 방문할 때마다 나무는 행복의 느낌을 풍기면서 우리를 맞아주었다. 그 느낌은 세 마리의 개들에게까지 전염되었다. 개들은 풀밭에서 서로 쫓고 쫓기고, 비탈을 뛰어오르고, 덤불 뒤에 숨으며 실컷 장난을 치고 난 뒤, 잔디 위에 지쳐 쓰러져서 헐떡거리며 숨을 골랐다. 심장이 뛰고, 몸은 열기를 뿜어대고, 주름진 눈은 행복으로 가득 차 있었다. 몇 주 후에 우리는 그 역사적인 저택을 사들였다. 그때 나는 언제라도 그 매혹적인 나무 그늘로 달려가 행복하게 호흡할 수 있는 권리를 산 것이다.

그 나무는 보리수다. 보리수는 겨울에는 평면적으로, 여름에는 입체적으로 보인다는 점에서 마치 두 그루의 나무처럼 느껴지곤 한다. 11월에서 3월까지 창백해 보이는 하늘 밑에 뚜렷하게 나타난 헐벗은 나뭇가지들이 마치 먹물로 그린 동양의 선처럼 보일 때, 그 나무는 하나의 선으로 그린 완벽한 데생이 된다. 하지만 봄에 파릇파릇한 잎으로 몸을 휘감을 때면, 몸매가 둥글게 풍성해지면서 입체적인 모습을 되찾고 살아 움직이는 조각상이 된다.

그 나무는 보리수, 다시 말해 한 그루의 나무 그 이상이다. 연한 녹색이라는 빛깔과 마음을 진정시키는 향긋하고 달콤한 향기를 공급해주는 존재인 것이다.

그 나무는 보리수, 다시 말해 사랑의 피난처다. 전설에 의하면, 인간의 심장처럼 생긴 이 나뭇잎들 밑으로 피할 때, 연인들의 사랑의 감정이 더 짙어진다고 한다. 라퐁텐은 이렇게 말했었다. "부부들이 그 나무 그늘 아래 들어서면, 그들의 사랑은 그 순간부터 아무리 세월이 흘러도 끝까지 서로 사랑하게 된다."

그 나무는 보리수다. 속살을 깎아 연필을 만든다는 점을 생각할 때, 보리수는 문필가의 동료이자 서기관이다.

그런데 우리집 보리수는 자신의 동료들과 좀 달랐다. 이 나무는 음악가였다. 내가 그 그늘 아래 앉아 있으면, 나무는 내게 스케르초, 아다지오, 알레그로, 안단테로 바람을 보낸다.

나는 지금 나무들과 악기들의 진부한 합의점을 떠올리려는 게 아니다. 물론 우리는 보리수의 목질이 악기의 주요한 재료를 공급하고, 소리를 증폭시키고, 음색을 꾸며준다는 사실을 알고 있다. 호두나무가 피아노의 깊은 울림을 이루고, 독일가문비나무, 단풍나무 혹은 회양목이 바이올린과 첼로의 음색을 뛰어나게 만들고 흑단, 자단이 관악기의 소리를 빛나게 해주는 것처럼…… 알다시피 피아노의 건반은 보리수, 이 가벼운 나무로 만들고, 그 위에 상아를 덧씌운다.

그러나 나의 보리수가 연주하는 악기는 피아노가 아니다. 나의 나무는 현악사중주를 연주한다.

내가 그 둥치에 등을 기대면, 나무는 아주 잠깐 망설인다. 그런 다음 내가 몇 시간 동안 그곳에 머물 거라는 확신이 들면, 그때 비로소 시동을 건다. 그리고 탁탁탁 튀는, 치밀하고 유연한 소리를 보내준다. 쉿! 집중해서 듣고 있으면, 나의 보리수는 눈에 보이지 않고, 귀에 들리지 않는 나무만의 음악을 연주한다. 그것은 공중에서 나는 미미한 소리가 아니고, 귀로 들어오는 소리도 아니다. 그 소리는 귀를 통하지 않고 곧장 내 머릿속으로 들어온다.

텔레파시의 음악.

처음엔 보리수가 내게 선사하는 작품들을 알아차리지 못했다. 그때까지 내가 들어본 적이 없는 작품들이었기 때문이다.

코펜하겐에서의 여행 덕분에, 그리고 이후에 내가 그 위대한 청각장애인의 대륙을 둘러봤던 까닭에, 나는 나무가 몇 년 전부터 내게 베토벤의 마지막 사중주를 연주해주고 있었음을 알게 되었다.

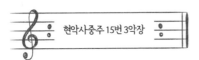

베토벤은 1823년부터 그가 죽은 1827년까지, 침묵과 고독 속에 갇혀 있는 동안 오직 사중주에만 몰두했다. 그의 마지막 다섯 작품들은 두 개의 바이올린과 비올라, 첼로를 통해 그의 내적인 풍경을 보여준다.

나무 아래서 들었기 때문일까? 현악사중주 15번에는 나무같이 단단하고, 식물적인 어떤 것이 있다. 이 음악은 마치 나무

껍질처럼 꺼칠꺼칠하다. 소리들이 수평선을 향해 일치 협력하여 자라는 나뭇가지들처럼 서로 결합하고, 뒤틀리고, 이어진다. 첼로는 땅 위를 구불구불 기어가는 뿌리처럼 느리고 힘차며, 변함없이 든든한 기반이 되어준다. 이 곡은 결코 날아오르지 않는다. 나무가 뛰어오르던가? 하지만 때로 떨린다. 나뭇잎들 사이로 지나가는 바람처럼. 그리고 땅 위에 머문다. 그러나 이 곡은 땅속에 든든하게 박힌 뿌리처럼 시작해서, 공중에 떠 있는 나뭇잎들처럼 점점 가벼워지다가 마침내 공중에서 떠다닌다.

간결한 사중주…… 베토벤은 다양한 소리들이 거대한 대비를 이루는 교향악의 무수한 색조들을 제거하고 색채, 음색의 다양함과 그 대립과 매력을 포기한다. 그가 멜로디마저 포기하고, 오히려 현들의 긴 지속음, 떨림, 공격을 더 추구한 것 같은 인상마저 들 정도다. 이 음악은 명상이다. 베토벤은 언어를 구상하고 조립하던 이전의 방식을 벗어던진다.

그는 내게도 똑같은 포기를 권한다. "내가 멜로디를 넣지 않은 부분에서 멜로디를 읽으려고 애쓰지 않도록 해. 앞으로 어떤 발전이 전개되리라는 기대도 하지 말고. 내 음악에서 우아함을 기대하지 않는 게 좋을 거야. 살롱 같은 데서는 그런 우아함이 어울리겠지만, 나무둥치에 기대서서 듣기에는 절대로

적합하지 않으니까. 예측 불능의 충만한 순간에 자신을 내맡기
도록 해봐."

나의 보리수는 이 궁극의 사중주를 감탄스러울 정도로 훌륭
하게 연주한다. 나는 잔가지들 사이로 하늘의 단색이 주는 미
묘한 느낌, 순식간에 사라지는 새들의 날랜 비행, 날씨와 감정
의 변화들을 듣고 또 본다. 시간의 두께를 감지하고, 나무껍질
이 살갗에 들어와 박히는 감촉을 느낀다.

무엇인가가 심연에서부터 올라오고, 땅에서부터 빠져나오
고, 깊은 곳에서 솟아나온다. 나무일까? 음악일까? 아니면 인
간? 양심? 아마도 이 모든 것이리라. 나는 그것을 더 알아내
야 한다.

이번 가을에 나는 베토벤을 이토록 근사하게 연주하는 이 나
무 밑에서 늙어갈 수 있을 거라고 확신했다. 아니, 이렇게 말하
는 편이 낫겠다. 나는 여기서 늙고 싶다고. 내가 이곳에 거주
하는 한, 선명한 직감을 경험할 수 있을 것이기 때문이다. 예를
들면 진정한 평화는 주변의 소란스러움이나 고요함과 관계가
없다라든지, 지혜란 있는 모습 그대로의 삶과 결합하는 거라든
지 등의 상념이 더욱 분명하게 와닿는 것이다.

보리수는 그런 것들을 나보다 훨씬 더 많이 알고 있다. 베토
벤도 마찬가지고. 나무와 베토벤은 내가 그들에게서 기대하는

것보다 더 많은 것을 내게 줄 수 있다. 그들은 앞으로 올 날들의 길을 가르쳐준다.

나와 베토벤의 동거는 막바지에 이르기는커녕 이제부터 제대로 시작된다.

*

"바보들이 이토록 많이 살아 있건만 베토벤은 죽고 없다니……!"

보 탕 로크 부인이 옳았다. 우리에겐 그 어느 때보다도 베토벤이 필요하다.

코펜하겐 전시장에서 그가 갑작스럽게 내 삶 속으로 돌아온 이후로, 나는 그의 은혜를 입고 있다는 생각이 든다. 현대의 휴머니즘과 비극에 대한 의미, 그리고 미래에 대한 희망, 이 두 가지가 양립하는 낙천주의를 생각할 수 있도록 그가 도와주었기 때문이다.

종종 우리는 유리잔의 이미지로 낙천주의자와 비관주의자의 차이를 표현하곤 한다. 유리잔 안에 물이 오십 퍼센트 들어 있을 때, 비관론자는 반쯤 비어 있는 잔을 보지만, 낙관론자는 반쯤 차 있는 잔을 본다고……

이 비유는 꽤 적절해 보인다.

잔이 반쯤 찼다고 판단하는 비관주의자는 '들어 있다'는 실제의 모습보다 실제가 아닌 모습, 곧 '비어 있다'에 주목한다. 향수에 젖기를 좋아하고, 복고주의자에다 퇴행적인 그는 실제의 모습인 '마실 수 있는 양'을 기뻐하는 대신 실제의 모습이 아닌 '마신 양'을 보고 슬퍼한다. '앞으로 마실 수 있는 양'이라는 실제는 곧 '마시는 기쁨'이라는 미래이기도 하다.

비관론자들은 자신의 삶에서 이미 지나간 것을 되씹고, 낙관론자들은 자신에게 약속된 것을 관찰한다. 식욕, 즐거움, 신뢰가 낙관론자를 정의한다. 우울, 박탈, 불평이 비관론자를 슬프게 만든다.

앙드레 지드는 1927년 5월 12일자의 일기에 "자신의 기쁨을 정복하는 것이 슬픔에 항복하는 것보다 낫다"라고 적었다.

기쁨이란 무엇인가? 실존을 사는 것에 대해 충만하게 만족하고 감사하는 방식이다.

유쾌한 사람은 아무것도 부족한 것이 없다. 그렇다고 그가 모든 것을 갖고 있는가 하면, 그렇지도 않다. 모든 것을 소유한 자가 대체 누가 있을까? 그는 자신이 갖고 있는 것으로 만족할 뿐이다. 더 나은 표현을 하자면 그는 자신이 갖고 있는 것을 즐기는 사람이다.

유쾌한 사람은 욕구불만을 경험하지 않는다. 그런데 실망에 빠진 사람, 낙담한 사람, 우수에 젖은 사람, 피곤한 사람에게는 모든 것이 부족하다.

결핍된 것을 의식한 결과가 슬픔이라면, 기쁨은 실재하는 것을 의식한 결과다. 존재하지 않는 것, 혹은 더이상 존재하지 않는 것에 초점을 맞추고 있는 것이 슬픔이라면, 다시 말해 누군가를 잃은 것에 대한 상실감, 자신이 언젠가는 죽을 수밖에 없는 연약하고 무력하고, 한계를 지닌 존재라는 것을 알게 되었을 때의 반감에서 나오는 것이 슬픔이라면, 기쁨은 충만감으로부터 흘러나온다. 기쁨은 우리가 살아 있음을 즐거워하고, 우리를 둘러싸고 있는 것들에 경탄한다.

기쁨은 유쾌해하고 즐거워하는 것으로 표현된다. 기쁨은 아무것도 요구하지 않는다. 아무것도 한탄하지 않고, 아무것도 불평하지 않는다. 기쁨은 축하한다. 고마워한다. 기쁨은 감사다.

야망, 후회, 회한, 강박, 쓰라림, 착각, 자만 등 우리를 무겁게 하는 것들을 내려놓았을 때, 그 가벼움이 우리에게 얼마나 놀라운 기쁨을 선사하는지!

우리 시대는 기쁨을 맛보며 누리지 않는다. 이 시대는 우리를 권태나 고뇌로부터 끌어내주는 도취와 오락을 기쁨보다 더 좋아한다. 이 시대는 유쾌한 사람을 멍청이로 치부할 뿐, 현자

임을 알아보지 못한다.

그런데 베토벤과 그의 형제 철학자인 스피노자는 기쁨의 지혜란 것이 있음을 상기시킨다. 살아 있는 자는 복이 있나니! 나는 이 말에 동의만 하는 게 아니라, 몹시 사랑한다. 나는 존재하는 것들에 동의하고, 내 감각 안에 감지되는 것들을 사랑한다. 나는 우주와 연합하고, 우주를 열렬히 사랑한다.

게다가 기쁨은 음악적인 경험의 본질이 아닐까?

나는 음악을 듣고 있을 때 한가로움을 느낀다. 나의 귀와 뇌와 마음에 와닿는 것들을 음미하고 즐기며, 살아 있는 순간을 마음껏 즐긴다. 음악은 설령 침울한 음악일지라도 언제나 나를 행복하게 만든다. 나를 채우고, 고양하고, 만족시키기 때문이다. 그 위대한 청각장애인이 환희의 찬가를 자신의 유언이자 창작력의 절정으로 여겼다는 것은 조금도 놀랄 일이 못 된다⋯⋯

기쁨은 슬픔만큼이나 전염성이 강하다는 사실을 잊지 말자. 베토벤은 우리를 전염시키고 싶어했다.

슬픔을 전염시키는 것이 이 시대 사람들에게나 다음 세대들에게나 과연 어떤 유익을 줄 수 있을까? 그것은 복수거나 잔인함일 뿐이다. 비관론자들의 대부분은 정신분열증 환자가 된다. 그들은 말로는 검다고 하면서, 행동은 하얀 것처럼 한다. 비관론자처럼 말하면서 낙관론자처럼 살아가는 것이다. 대체 무엇 때문에 글을 쓰고, 작곡하고, 그림을 그리고, 자식을 낳고, 돌보고, 가르치는가? 인생이 정말로 허무하다고 믿는다면, 그래서 삶에서 죽음 직전의 고통만 주시한다면, 무엇 때문에 다음 세대를 계속 이어간단 말인가?

나는 베토벤과 여러 달 동거를 하고 나서, 그가 상기시킨 것들을 종이에 써보았다.

일종의 크레도credo, 믿음의 선포다.

인간에 대한 크레도.

현대적 낙천주의의 크레도

나는 낙천주의자다. 왜냐하면 세상이 가혹하고, 불공평하고, 냉담하다고 생각하기 때문이다.

나는 낙천주의자다. 왜냐하면 삶이 너무 짧고, 제한적이고, 고통스럽다고 여기기 때문이다.

나는 낙천주의자다. 왜냐하면 죽음에 대한 지식의 애도를 끝냈기 때문이고, 그후에 대해서는 내가 결코 알 수 없다는 사실을 알고 있기 때문이다.

나는 낙천주의자다. 왜냐하면 모든 균형이 연약하고, 일시적이라는 것을 간파하고 있기 때문이다.

나는 낙천주의자다. 왜냐하면 진보를 믿지 않고, 더 정확히 말해 자동적이고, 필연적이고, 피할 수 없는 진보가 있음을 믿지 않기 때문이다. 내가 없고, 우리가 없고, 우리의 의지가 없고, 우리의 땀이 없는 진보가 존재할 수 있음을 믿지 않기 때문이다.

나는 낙천주의자다. 왜냐하면 최악이 다가올까봐 두렵고, 그래서 그것을 피하기 위해 할 수 있는 한 무슨 일이든 다 할 것이기 때문이다.

나는 낙천주의자다. 왜냐하면 부조리가 내게 불어넣어준 것이 유일하게 지적인 명제이기 때문이다.

나는 낙천주의자다. 왜냐하면 절망이 내게 속삭인 것이 유일하게 논리적인 행동이기 때문이다.

그렇다, 나는 낙천주의자다. 왜냐하면 그것은 유리한 게임이기 때문이다. 만일 내가 신뢰한 것이 옳았다고 운명이 증명한다면 나는 승리한 삶을 산 것이다. 그러나 운명이 내가 실패했음을 증명한다 해도 난 아무것도 잃은 게 없다. 뿐만 아니라 오히려 더 유용하고, 고귀하고 나은 삶을 산 것이 된다.

*

"바보들이 이토록 많이 살아 있건만 베토벤은 죽고 없다
니……!"

귀가 멀었던 그 위대한 자의 메시지가 우리에게 다시 다가온
다. 왜냐하면 우리가 그것을 잊고 있었기 때문이다. 그가 우리
를 향해 말했던 것이 이제 더 크게, 새롭게, 거칠게, 놀랍게, 도
발적으로 메아리친다. 그가 우리를 깨우고 있다.

사실 죽은 자는 그가 아니라 우리들이다. 오늘날 사색은 죽
었고, 우리는 영적인 혼수상태에 빠져 있다. 우리는 고귀한 시
도들, 자발적인 열광, 영웅적 낙천주의의 기초가 되는 믿음, 곧
인류에 대한 믿음을 죽였다.

보 탕 로크 부인이 여전히 이 땅 가운데 살고 있는지, 아니면
하늘에서 천사의 합창대와 함께 노래를 하고 있는지 나는 모
른다. 하지만 어디에 있든지, 이 자리를 빌려 그녀에게 감사하
고 싶다. 특히 이 좋은 소식을 그녀에게 알려주고 싶다.

"결국 베토벤은 죽지 않았어요. 그리고 당신이 말한 바보들
은 비록 숨을 쉬고 있긴 하지만, 과연 살아 있는 거라고 해야
할 지…… 의문입니다."

■ 베토벤이 보낸 메시지

● 코리올란 서곡 C단조, op. 62
컬럼비아 심포니 오케스트라, 브루노 발터(지휘) 7'57
19쪽

● 교향곡 5번 C단조, op. 67
1악장 알레그로 콘 브리오
뉴욕 오케스트라 필하모니, 브루노 발터(지휘) 6'11
22쪽

● 교향곡 9번 D장조 '합창', op. 125
4악장 프레스토–알레그로 마 논 트로포–비바체–아다지오 칸타빌레–알레그
로–알레그로 모데라토–알레그로
루체른 페스티벌: 엘리자베트 슈바르츠코프·엘자 카펠티·에른스트 헤플리거·오
토 에델만(합창), 필하모니 오케스트라, 빌헬름 푸르트뱅글러(지휘) 25'30
39쪽

키키
판 베토벤

소설 「키키 판 베토벤」은 에세이 「살해당한 베토벤을 위하여」보다 몇 달 앞서 쓴 작품이다. 에세이가 관념적 형태라면, 그 내용을 모노드라마로 풀어낸 것이 이 픽션이다. 연극은 2010년 9월 21일에 크리스토프 랭동의 연출, 다니엘 르브렁의 연기로 브뤼예르 극장 무대에서 처음 선보였다.

다시 말하자면 「키키 판 베토벤」은 희곡이고, 「살해당한 베토벤을 위하여」는 성찰 에세이다. 나는 장르가 다른 두 작품을 하나로 엮어보고 싶었다. 그 결과, 고집스럽고 흥분을 잘하며 매우 인간적인 루트비히 판 베토벤이라는 인물의 오마주가 탄생했다.

어느 골동품 가게…… 내 발걸음이 그곳에서 베토벤의 데스마스크 앞에 멈춰 선 순간, 모든 것이 시작되었다. 어슬렁거리며 이것저것 구경하던 사람들은 하나같이 그 안면 석고부조를 보지 못한 채 지나쳤고, 나 역시 놓칠 뻔했다.

그 석고부조와 눈이 마주쳤을 때, 난 나도 모르게 앞으로 다가가서 그것을 가만히 응시했다. 그러는 동안 상상할 수 없는 일, 있을 수 없는 일, 뜻밖의 일이 일어나버렸다. 어떻게 그런 일이 가능했던 걸까? 대체 무슨 일이 일어난 거지……?

그 데스마스크를 그만 사버린 것이다. 그런데 또 한번 기분 나쁘게 놀라고 말았다. 그 석고부조가 공짜란다……

"너무 오랫동안 팔리지 않아서 공짜로 주는 건가요?"

골동품 주인에게 물었다.

그는 내 질문을 못 들은 척 무시했다. 그래서 또 한번 뜨악하니 놀라야 했다.

나는 지체하지 않고 집으로 돌아가서 친구 세 명을 불렀다. 차나 한잔 마시자고.

"얘들아, 이것 좀 봐."

우리가 앉은 둥근 테이블 중앙에는 베토벤의 안면 석고부조가 떡하니 놓여 있었다.

제일 먼저 캉디가 깜짝 놀라며 말했다. 그녀의 가장 큰 특징은 일 년 내내 그을린 피부를 갖고 있다는 점이다. 겨울에는 오렌지빛, 봄에는 캐러멜빛, 그리고 7월부터는 훈제청어처럼 빨간 피부를 자랑한다.

"굉장히…… 창백하네……"

조에는 감히 만져볼 엄두도 안 난다는 듯, 통통한 손가락으로 조심스럽게 살짝 스쳐보기만 했다. 내가 격려하는 투로 말했다.

"그건 그냥 석고부조일 뿐이야. 네가 자기를 만지고 있는 줄도 모른단 말이야……"

조에는 언제나, 모든 사람이 자기를 좋아해주기를 바라는 여자였다. 그녀는 소스라치며 데스마스크에서 손을 떼고 중얼거렸다.

"그거 유감이네."

그러자 라셀이 한껏 쳐든 턱으로 나를 가리키면서 까칠하게 물었다.

"이딴 걸 왜 우리 앞에 가져온 거야?"

"'이딴 것'이라니! 제발 존중 좀 해줄래? 네가 '이딴 것'이라고 부른 건 베토벤의 데스마스크란 말이야."

"베토벤의 마스크라는 건 나도 알아. 우리 할머니도 이것과 똑같은 걸 갖고 계셨으니까! 그런데 차 한잔 마시러 오라고 해놓고 난데없이 이 석고부조를 우리 앞에 불쑥 내놓는 이유가 뭐야? 그것도 무슨 특별한 사건이라도 알려줄 것 같은 표정으로 말이야. 키키, 설마 이 베토벤의 얼굴을 네가 직접 만들었다거나 그런 말을 하려는 건 아니지? 사실 우리가 어렸을 때만 해도 베토벤의 석고상은 어딜 가도 볼 수 있었어. 가난해서 피아노를 가질 수 없는 사람들은 베토벤의 석고상을 갖고 있는 것으로 아쉬움을 달래곤 했으니까."

"얘들아, 이 데스마스크 좀 자세히 들여다봐." 내가 채근했다. "얼굴을 바짝 갖다 대고 주의 깊게 살펴보라니까."

친구들이 내 말대로 베토벤의 석고부조 가까이에 얼굴을 갖다 댔다.

"무슨 소리가 들려?"

캉디는 난처한 표정을 짓고, 조에는 보청기를 만지작거리고, 라셸은 마른기침을 하면서 눈썹을 찡그렸다.

"이 아줌마들아! 좀더 집중해보라니까! 무슨 소리가 들려, 안 들려?"

친구들은 입술을 꼭 다물고 목이 경직된 채로, 귀를 베토벤의 얼굴로 가져갔다. 조에는 비통하게 한숨을 쉬면서 보청기를 다시 귓속에 잘 고정시켰다. 라셸은 마치 소리로 모기를 좇듯 눈동자로 주변을 한번 쑥 훑고 나서 다시 가면으로 눈길을 돌렸다. 마침내 캉디가 고백했다.

"난 아무 소리도 안 들리는데."

"나도 그래."

라셸이 기다렸다는 듯이 맞장구를 쳤다.

"오, 다행이다!" 조에가 소리쳤다. "난 나만 안 들리는 줄 알았지."

라셸이 무뚝뚝한 표정으로 나를 쳐다보며 말했다.

"그럼, 넌? 무슨 소리가 들려?"

"아니. 전혀 안 들려."

그때 우리 모두는 깨달았다. 방금 크고 놀라운 사건이 일어났다는 사실을. 그 정도는 이해할 수 있을 만큼 우리는 충분히 나이가 들었고, 아직은 정신도 맑았다.

우리가 어렸을 때만 해도 베토벤의 석고상은 언제나 음악을 들려주었다. 그냥 바라보기만 해도 고상하고 감동적인 멜로디들을 들을 수 있었다. 베토벤의 얼굴에서는 언제나 찬가를 노래하는 웅장한 교향악단과 숨가쁘게 활을 움직이는 바이올린들과 열정적으로 연주하는 피아노가 튀어나왔었다. 어디든 베토벤의 흉상이 있는 곳에서는 음악이 들려왔다.

"옛날 어렸을 적 우리집에는……" 캉디가 입을 열었다. "벽난로 쪽에 있는 대리석 탁자 위에 베토벤 흉상이 놓여 있었어. 그 옆에만 가면 음악 소리가 들려왔었지. 라디오를 켠 것보다 더 또렷하고 맑은 소리였다니까!"

"우리 선생님은 그랜드 피아노 위에 하나를 올려놓고 계셨어." 이번엔 내가 말했다. "정말 멋진 흉상이었어. 내겐 언제나 격려가 되었지. 손가락이 건반 위에서 헤맬 때마다, 내가 감정을 제대로 표현하도록 베토벤의 시선이 힘을 주었어. 다른 음악가의 흉상도 있었지만, 그건 전혀 격려가 안 됐지. 바흐의 흉상 말이야."

"맞아, 바흐의 흉상들! 끔찍하지. 정말 소름끼쳐!" 라셀이 내 말을 인정하듯 말했다. "우리 아버지는 메트로놈 옆에 바흐 흉상을 올려놓으셨어. 그 바흐가 언제나 엄격한 눈초리로 나를 감시하는 거야. 검사들이 쓰는 긴 가발 같은 것을 쓴 채 나를 재판하고, 선고하고, 몇 번이나 틀렸는지 세어보곤 했지. 하지만 베토벤은……"

"베토벤은 남자 중의 남자야. 진짜 사나이지." 캉디가 명확하게 표현했다. "제대로 남성적인 남자!"

"그런데 그는 언제나 고통스러운 표정을 짓고 있었어."

조에가 중얼거렸다.

"맞아." 라셀이 인정했다. "어쨌든 그의 음악은 정말 아름다워. 그가 불러일으키는 감정도 그렇고."

"자, 애들아." 내가 소리쳤다. "그런데 왜 우린 지금 그의 음악을 듣지 못하는 걸까? 어째서 베토벤의 얼굴이 우리 앞에서 침묵하게 된 거지? 대체 무슨 일이 일어난 거야?"

우리 네 사람은 입을 꾹 다문 채 침묵하고 있는 베토벤의 얼굴을 응시했다. 침묵…… 신랄하고 모욕적인 침묵은 폭력이었다.

"대체 누가 변한 걸까? 베토벤? 아니면 우리?"

한동안의 침묵 후에 라셀이 투덜거리듯 내뱉었다. 불쾌한 논평을 내뱉는 데 전혀 거침이 없는 그녀였다.

"그야 말할 필요도 없이 우리지."

"그럼 우리에게 무슨 일이 일어난 거지? 어떻게 그것도 모르고 여기까지 오게 되었을까? 이렇게 갑작스럽게 놀라기 전에 한 번쯤은 미리 눈치를 챘어야 되는 거 아냐?"

"키키, 난 이 문제를 좀 진지하게 생각해봐야겠어."

캉디가 말했다.

"나도 그래."

조에가 말했다.

"당연하지."

라셸이 어깨를 으쓱했다.

우리는 문제 해결을 위해 첫번째 징후부터 조사해보기로 결정했다.

난 "월요일부터 다이어트를 시작할 거야"라든지, "아이들이 개학하면 중국어를 배울 테야"처럼 나중에 어쩌고저쩌고하는 식의 허망한 미끼는 이제 물지 않는다. 나는 당장 '베토벤요법'을 실시하기로 했다. 그래서 그 길로 곧장 시내로 나가 베토벤의 디스크 한 질을 산 다음, 그날부터 치료요법을 시작했다.

그런데…… 견딜 수가 없었다.

처음엔 집 때문이라고 믿었다. 베토벤의 음악이 흘러나온 그 순간부터 나는 왠지 숨이 막혀 밖으로 뛰쳐나가고 싶었다. 그래서 급히 장을 보러 가야겠다는 생각을 떠올렸다. 하다못해 전화통으로라도 달려가고 싶었다. 사실 나는 전화기를 싫어한다. 하지만 그 순간만큼은 누구에게라도 전화를 걸어 수다를 떨며 매달리고 싶었다. 심지어 며느리에게 전화해볼 생각까지 들었다. 아니, 이건 좀 과장된 말이긴 하다. 아무튼 그 정도로 나는 베토벤의 음악을 견뎌내기가 힘들었다. 하지만 이성을 총 동원하고, 있는 힘을 다해 참았다. 내가 제일 좋아하는 안락의 자에 앉아 버텨냈다. 보통 때에는 가장 편안한 자세로 앉아서 가로세로 낱말퍼즐을 풀곤 하던 의자다. 그랬는데…… 베토벤 의 곡이 몇 소절 계속되자, 바닥이 서서히 흔들거리고 벽들이 무너져내리더니 결국 나는 균형을 잃고 말았다. 미칠 것 같았 다. 이건 베토벤의 음악을 들을 때에만 일어날 수 있는 일이다. 만일 다른 음악을 듣고 있었더라면, 그러니까 탱고라든지 아이 스크림처럼 달콤한 목소리로 속삭이는 샹송을 틀어놓았더라면 벽들이 움직이는 일은 없었을 테고, 책장 선반들도 튼튼하게 그대로 있었을 것이며, 마룻바닥도 꿋꿋하게 자기 자리를 지 키고 있었을 것이다. 하지만 베토벤의 음악은 달랐다. 음악이 연주되자마자, 으악! 주변의 모든 것이 회전목마처럼 빙빙 돌 기 시작했고, 폭풍 기상주의보가 떨어졌다! 나는 베토벤의 음 악에 알레르기 발작을 일으키는 아파트에 살고 있다는 결론을 내릴 수밖에 없었다.

뭐, 그런 건 아무래도 좋다! 마침 내가 사는 건물에서 멀지 않은 곳에 공원이 하나 있다. 반은 잔디고, 반은 아스팔트로 되어 있는 공원인데, 외곽 순환도로 건너편에 있는 '유리 가가린 공영 아파트'에 사는 청소년들이 자주 오는 곳이다. 그 아이들은 북문 근처에 모여서 꽤나 열심히 힙합 댄스를 연습하곤 했다. 나는 그 청년들에게 다가가서, 그처럼 건전지를 사용해서 음악을 듣는 기계를 어디서 살 수 있느냐고 물었다. 아무래도 집에서는 베토벤을 들을 수 없을 것 같아서, 야외용 오디오를 사기로 했다. 모양이 꼭 심술궂은 불도그처럼 생긴 기계였다. 양쪽에 달린 스피커가 마치 축 처진 뺨처럼 보이는 데다, 버튼이 꼭 눈처럼 보이기 때문이다. 난 그 녀석에게 랄프라는 이름을 붙여주었다. 그리고 랄프를 데리고 베토벤과 함께 파리로 떠났다.

나는 어디서든 베토벤의 음악을 들었다. 심지어 전철역에서 열차를 기다리면서도. 그러나 얼마 가지 않아서 공원, 인도, 주차장처럼 더 조용한 장소들을 선호하게 되었다. 그런 곳에서는 포르티시모, 피아니시모 등의 작은 차이들까지도 감지할 수 있었기 때문이다. 아마 여러분은 이렇게 말할 것이다. 주위 사람들을 좀더 배려해서 조심스럽게 헤드폰을 쓰든지, 이어폰을 사용해야 되지 않느냐고. 조심스럽게! 아, 미안하지만 그건, 내가 결코 좋아하는 말이 아니다. 게다가 그건 다분히 정치

적이고, 사회학적이고, 언론적인 태도다. 그럼 여러분은 이렇게 말하고 싶을 것이다. 아마 내가 다른 사람들도 베토벤의 음악에 귀가 먹었는지 알아보고 싶어서 조사하며 다니는 거라고.

어쨌든 그렇게 다니면서 내가 깨닫게 된 결과는 최악이었다. 베토벤의 교향곡 5번을 사정없이 짖어대는 랄프와 함께, 나는 아무 생각 없이 벤치에 앉아 있곤 했다. 그러면 사람들은 지레 겁을 먹고 '걸음아 날 살려라' 하는 식으로 도망을 쳐버렸다. 확실히 랄프의 모양새가 집 지키는 크고 사나운 개처럼 보이긴 한다. 그리고 나 자신도 그리 상냥해 보이는 편이 아니라는 것도 인정한다. 하지만 그렇게 공공장소에서 사람들을 쫓아낼 정도는 아니다…… 말하자면 그들을 쫓아내는 것은 베토벤이었다.

어느 날, 한…… 사십 세가량? 아마 우리 아들 나이 정도였을 것이다. 그쯤 되어 보이는 남자가 지나가다 말고 내 앞에 우뚝 멈춰 서더니, 꼼짝 않고 서서 4악장이 다 끝날 때까지 그 시간을 견뎌냈다. 그러고는 마지막 소절이 끝나자 주머니를 뒤적거리며 말했다.

"아주머니, 그릇은 어디 있어요?"

"네? 무슨 그릇?"

"동냥 그릇이요. 이 돈을 어디에 놓을까요?"

그의 손에 동전 몇 개가 들려 있었다.

"아, 난 구걸하는 사람이 아니에요. 그저 베토벤을 듣고 있는 것뿐이죠. 음악은 공짜예요."

"아……"

"그래도 댁은 좀 낫군요. 다른 사람들은 모두 도망쳤거든요. 그거 이해할 수 있어요?"

"그게 정상이지요. 진정한 아름다움이란 본래 견딜 수 없는 거니까요." 그는 당연한 이치라는 듯이 그렇게 말했다. 그러고는 말을 이어갔다. "평범한 삶을 살고 싶으면, 참된 아름다움과는 거리를 좀 두고 사는 편이 나아요. 안 그러면 자신의 초라함을 보고 무가치한 존재라고 여기게 되거든요. 베토벤을 듣는다는 건, 천재의 구두를 신어본 뒤에 자기 발엔 결코 맞지 않는 신발이라는 걸 깨닫는 것과 마찬가지죠."

"그럼 당신은 왜 길 가다 말고 멈춰 서서 이 음악을 들은 거예요?"

"피학 취미 때문이에요. 난 나 자신을 사랑하지 않아요. 그리고 나 자신을 사랑하지 않는 데서 어떤 기쁨을 느끼죠. 그런데 아주머니, 아주머니는 어떻게 해서 베토벤을 듣게 되셨어요?"

"나도 안 들어요. 그의 음악을 듣는 건 견딜 수 없는 일이니까요. 다만 그 시끄러운 소리를 멋지다고 여겼던 지나간 시간을 추억하는 것뿐이에요."

"향수로군요."

그가 자리를 뜨면서 중얼거렸다.

향수라고? 아니다. 오히려 분노, 절망, 증오다. 한 음악을 처음 들은 이후로 사십 년, 오십 년 동안 계속 듣는다는 것은 젊었을 때의 사진을 옆에 두고 거울 속의 자기 얼굴을 바라보는 것보다 더 잔인한 행동이다. 나는 내가 내적으로 얼마나 변했는지 살펴보았다. 이제 난 마음이 메마르고 딱딱하게 굳은 할망구가 되었다. 지금의 나는 월광 소나타를 들어도 감동하지 않게 되었고, 비창을 들어도 울지 않게 되었다. 영웅 교향곡은 이제 더이상 나를 흥분시키지 못하고 전원 교향곡도 더는 나를 춤추게 만들지 못한다. 예전에 듣던 교향곡 9번 '환희의 찬가'는 죽은 사람도 깨우고, 사지가 마비된 병자도 일으킬 수 있을 것 같았다. 그런데 지금은? 떠들썩하고 시끄러운 광경, 말 많은 흥행사, 겉만 화려한 유럽의 슬로건, 무섭고도 기괴한 서커스의 소리처럼 다가왔다.

그랬다. 시효가 끝난 사건처럼, 베토벤이 내게서 소멸됨에 따라 나의 분노는 점차 증가했다.

"할머니, 그 교회 음악 말이에요. 소리 좀 낮출 수 없어요?"

자기 몸집의 세 배나 됨직한 헐렁한 폴로 티셔츠에다, 금방이라도 흘러내릴 것 같은 바지를 엉덩이 밑에 기적처럼 매달고 있는 젊은 힙합 댄서가 우리 앞에 서 있었다. 우리, 그러니까 랄프와 베토벤과 내가 공원 벤치에 앉아 있을 때였다.

"멍청아, 이건 교회 음악이 아니야. 피델리오*라는 곡이란 말이야."

"아, 난 그런 거 몰라요."

"앉아서 귓구멍을 열고 들어봐, 이 멍청아."

"할머니, 대체 왜 그래요?"

"왜 그래요? 너야말로 왜 그러냐? 좋은 음악이 너를 더럽히기라도 할까봐 걱정이 돼? 이 음악이 가래침이라도 되니? 아님, 내가 베토벤과 함께 네게 침이라도 뱉을까봐? 솔직히 말해봐. 네가 이 음악을 좋아하게 될까봐 두려운 거지?"

"어라? 할머니, 괜히 시비 걸지 말아요!"

"무식하고 교양 없는 녀석! 그런데도 행복하다니, 쯧쯧쯧⋯⋯ 자, 가서 실컷 몸을 비비 꼬고 흔들려무나. 아마 네 묘비에는 이런 말이 적힐 게다. '형편없는 음악에 귀가 먼 채, 일생 동안 몸을 비비 꼬고 뒤틀면서 살다 가다.'"

"칫! 할머니 묘비에는 뭐라고 새겨질지 알아요? '일생 동안 젊은이들을 증오하며 살다 가다.' 어때요?"

---

* 피델리오. op. 72, 1막, '얼마나 놀라운 느낌인지'.

그러고는 내가 대답을 하기도 전에 멀찌감치 내빼버렸다. 그렇게 쏜살같이 도망치다니! 한데 녀석의 질책이 내 머릿속에 남아버렸다. 내 묘비에는 어떤 말이 쓰일까? 내 삶의 의미는 무엇일까?

이런 종류의 질문은 언제나 전염성이 큰 법이다…… 그날 저녁, 친구들과 차를 마시는 동안 나는 그녀들을 하나하나 뜯어보며 상상의 나래를 펼쳤다. 먼저 조에. 케이크를 입안 깊숙이 밀어넣는 그녀를 바라보며 나는 머릿속으로 조에의 대리석 묘비에 이렇게 썼다. '마침내 평화로운 안식에 들어가다. 더는 배고프지 않을 것이므로.' 그다음엔 병아리색 노란 머리에 구릿빛으로 태운 피부, 몸에 찰싹 달라붙는 옷을 입은 캉디. 그녀가 얼마 전에 우리 양로원에 새로 들어온 신참들을 유혹했던 일이 떠올랐다. 그녀는 아직도 새로운 남자들을 정복할 마음을 먹고 있었다! 그래서 난 이렇게 썼다. '마침내 몸도 마음도 싸늘하게 식다.' 끝으로 라셸. 모든 사람을 얕보는 그녀는 무표정한 얼굴 뒤에 우리의 대화도, 케이크도, 차도 자기 수준에 전혀 맞지 않는다고 생각하는 속물근성을 갖고 있었다. 그래서 나는 이렇게 쓰기로 했다. '마침내 혼자가 되다.'

"그럼 넌?"

"나? 뭐가?"

"아까부터 한마디도 안 하고 있잖아."

라셀이 따지듯 물었다.

"국가대표 주둥아리에게 대체 무슨 일이 일어난 거야?"

캉디가 외쳤다.

"내가 늘 하는 말 있잖아. 키키가 입 다무는 날이 바로 키키의 초상을 치르는 날이라고."

흠, 조에가 확실하게 해주었군.

그래, 훌륭한 친구들을 둔 덕분에 쉽게 답을 얻을 수 있었다. 나는 내 묘비에 이렇게 쓸 참이다. '마침내 입을 닫다.'

며칠 후, 나는 언제나처럼 랄프를 깨워 베토벤으로 나를 고문하며 벤치에 앉아 있었다. 난 기회만 있으면 놓치지 않고 양로원을 벗어났다. 우리 양로원의 입주자들은 각자 독립된 작은 아파트와 혼자 쓰는 욕실, 부엌을 갖고 있다. 우리는 주로 카드 게임을 하러 모이는 놀이방과 항상 텅 비어 있는 체육실을 공유했다. 그리고 우리에겐 우리를 돌보기 위해 상주하는 간호사 두 명이 있다. 간호사들은 우리가 몸을 가눌 수 있을 동안엔 우리를 돌봐주다가, 우리 중에 죽는 사람이 생기면 즉시 그 자리에 다른 사람을 불러들였다. 이곳 이름은 '백합 실버타운' 이다. 쭈글쭈글한 늙은이들과 연결시키기엔 너무 아까운 꽃이니, 그 예쁜 꽃에게는 실로 잔인한 일이 아닐 수 없다. 이곳을 굳이 식물에 빗대고 싶었다면, 아마도 '포도덩굴 실버타운'이나 '그루터기 실버타운'이라고 이름 붙여야 했다. 나는 이곳을 '뼈다귀 타운'이라고 부르지만. 그러나 내가 이렇게 부르면 아무도 웃지 않는다. 하기야 나도 웃고 싶은 마음이 없을 정도니, 뭐……

늙은이들이 모여 사는 집은 청소년들이 모여 있는 곳과 별반 다를 바 없다. 아니, 완전히 똑같다! 첫째, 남녀 친구들과 함께 산다. 둘째, 각자 어떤 패거리에 속해 있으면서 다른 패거리들을 미워하고, 혼자 개인행동을 하는 자들을 비판한다. 셋째, 섹스를 생각하지만, 실제로 섹스를 하기보다는 주로 섹스에 대한 말을 한다. 넷째, 가족들 몰래 행동한다. 청소년들과의 유일한 차이점이라면, 우리의 부모는 우리가 낳은 자녀들이라는 점이다. 심지어 손주들까지 우리를 감시하고 잔소리를 해댄다. 이 얼마나 쓰라린 추락인가! 이들은 옛날 우리 아버지 어머니만큼이나 지루하고, 귀찮고, 성가시다. "엄마, 아무거나 먹지 말고 제대로 챙겨먹어요. 약 잊지 말고 꼭 드세요. 제발 운동 좀 해요. 너무 격렬한 운동은 하면 안 돼요. 기억력 훈련을 해서 뇌신경을 자극해야 해요……" 잔소리, 잔소리, 또 잔소리! 얼마나 따분한지!

그래서 난 자주 종적을 감춘다. 뭐, 그리 오랜 시간은 아니다. 오후에 몇 시간 정도. 금방 피로해지기 때문이다. 그 시간에 난 백화점 안을 어슬렁거리면서 옷들을 입어보기도 하고, 속옷 매장 앞에서 조금 서성거리기도 하고, 향수 매장을 꼼꼼하게 살펴보기도 하면서 돌아다닌다. 언젠가 내 패거리인 캉디, 조에, 라셸과 밖에서 만난 적이 있다. 우리는 카페에 앉아 아이스크림을 먹으면서, 아는 사람들을 헐뜯으며 몇 시간을 보냈다. 그것이 청소년들과의 또 한 가지 공통점이다. 어른들은 모조리 멍청하다고 생각하는 점. 그렇다. 우리만 빼고 세상 모든 사람이 멍청하고 한심하다. 그건 아마 우리가 일을 하지 못하기 때문에 샘이 나서 일하는 사람들을 괜스레 조롱하고 싶어서일 것이다……

나는 백합 실버타운에서 가장 악착같이 외출하는 사람이다. 내겐 찾아올 사람이 없어서 내 생활을 시시콜콜 보고해야 할 필요가 없기 때문이다. 며느리가 있긴 하지만 우리 관계는 말할 수 없이 냉랭하다. 그런 기온에서는 어떤 생명체도 살아남을 수 없을 정도로.

아무튼 그날 난 베토벤과 함께 내 벤치에 앉아 있었다. 그때……

"할머니, 그거 소리 좀 낮출 수 없어요? 그 결혼식 음악 말이에요."

그 녀석이었다. 바지를 엉덩이 끝에 기적적으로 걸쳐입은 흑인 댄서 아이.

"이 바보야, 이건 베토벤의 피아노 협주곡 5번이라는 거야."

"아, 왜 자꾸 나를 바보 멍청이라고 불러요? 난 할머니를 존중해주는데, 할머닌 왜 그래요?"

"할머니라면서? 그게 날 존중해준 거냐?"

"할머니 맞잖아요. 누가 봐도 스무 살이 아닌 건 분명한데 뭘 그래요!"

그 아이는 말없이 나를 오랫동안 관찰했다. 마치 동물원에서 이국적인 동물의 우리 앞에 서 있는 것처럼.

"결혼했어요?"

그애가 물었다.

"왜? 내게 시간 있는지 물어보려고? 지금 날 꼬셔보겠다는 거냐?"

녀석이 웃음을 터뜨렸다. 나를 뭔가 이상하고 재미있는 것, 새로운 장난감쯤으로 여기는 것 같았다.

"부인, 성함이 어떻게 되시는지요?"

"경찰서에서 조사라도 나온 게야? 내가 이 벤치에 주야장천 자리잡고 있다고 임대차 계약서에 서명이라도 시키려고? 이

벤치가 네 거야?"

"아, 짜증낼 필요 없어요. 난 그냥 할머니가 어디서 오신 분인지 알고 싶어서 그래요."

"베토벤이다, 왜? 내 이름은 베토벤이라고."

그저 아무렇게나 둘러댔을 뿐인데, 그 이름이 내 목덜미를 서늘하게 훑고 지나갔다. 흑인 소년이 진지한 표정을 하며 내 옆에 앉았다. 그러곤 벤치 위에 놓여 있던 내 디스크 박스를 뒤적거리더니 말했다.

"오케이, 할머니 남자친구의 음악이로군요! 이제 알겠어요."

"네가 알긴 뭘 알아?"

"난 할머니가 무릎 위에 이 오디오를 올려놓고 왜 그렇게 넋 잃은 표정으로 이 벤치에 쓸쓸하게 앉아 있는지 늘 궁금했어요. 할머니의 베토벤이 죽었군요. 그래서 미망인이 되어, 그를 그리워하는 거예요. 맞죠?"

그 순간 왜 내 눈에 눈물이 고였을까? 하지만 난 사실 화가 나 있었다. 베토벤 때문이 아니라 내게서 빠져나갔던 그 비장한 감동의 여운, 그 슬픔을 되찾았기 때문에.

"그러고 보면 너도 그렇게 바보는 아니로구나."

"부인도 그렇게 늙지는 않았네요."

부바카르가 아무 디스크나 한 장 뽑아들었다. 나는 그애가 건네준 디스크를 랄프의 아가리 속에 집어넣었다. 그리고 우리는 베토벤의 마지막 사중주, 작품 번호 135를 들었다. 자, 어째서 그 곡이 나를 기쁘게 했는지 한번 생각해보시길. 정말 그랬다. 예전처럼! 그건 부바카르가 내 옆에 앉아서 그 통통하고 예쁜 입술을 반쯤 벌린 채, 기다란 손가락으로 나무벤치를 쓰다듬으면서, 처음 들어보는 이 음악에 귀기울이다가 놀라워하는 모습을 보았기 때문일까? 아니면 나를 아직도, 사랑하는 사람의 죽음 때문에 슬퍼하고 있는 불쌍한 여인으로 봐준 그애의 말 때문일까?

　그로부터 얼마 후 캉디, 조에, 라셀 그리고 나, 우리 패거리는 여행을 떠났다. 우리는 왈츠 수업부터 고급 단계의 요가까지 다양한 활동을 경험할 수 있는 한 클럽에 가입되어 있었다. 그리고 일 년에 한 번씩 여행 안내책자를 보고 마음에 드는 관광 투어를 골라 참여하고 있었다. 올해는 캉디가 여행지를 결정할 차례였다. 우리는 2월에 떠나는 '루아르 강역 고성 투어', 3월의 '생 트로페 해변 투어', 4월의 '토스카나 지방의 별궁 투어', 그리고 5월의 '아우슈비츠 캠프' 중에서 하나를 선택해야 했다. 캉디는 우리가 루아르 강의 성들을 이미 구경한 데다, 자신이 3월과 4월에 시간을 낼 수 없다는 이유를 들어 '아우슈비츠 캠프'에 등록했다. 내 생각에 그녀는 수용소라는 뜻의 '캠프'를 '캠핑'으로 잘못 읽었던 게 분명하다.

덕분에 우린 인류가 저지른 가장 추악한 범죄의 추억 속을 거닐게 되었다. 아우슈비츠에서 발견한 이상한 점은 그곳 건물들이 모두 날림으로 허술하게 지은 임시 건물들이어서 벽은 종잇장처럼 얇고, 지붕도 바람이 불면 금방이라도 날아갈 것만 같은데, 어떻게 지금까지 수십 년이란 세월을 견뎌왔을까 하는 거였다. 그곳을 둘러보는 내내 온몸이 떨렸다. 죽음! 그것은 더할 수 없이 견고하고 결정적인 것이건만, 죽음으로 내모는 학살이 이루어졌던 마을은 바람에도 흔들릴 정도로 조잡하게 만들어져 있었다. 그러나 그 오두막 같은 건물들은 아주 효과적인 장소였다. 재판도 없이 잡혀온 사람들을 수천 명씩이나 가둬둘 수 있었던 것을 보면…… 가스실은 무더기 학살을 행했다. 아우슈비츠 들판에서 나를 괴롭혔던 또 한 가지는 무겁디무거운 침묵이었다. 그곳에서는 어디서나 침묵이 입을 벌려 이야기를 들려주었고, 당시에 존재했던 사람들의 부재를 상기시켰다. 침묵은 미처 성인이 되지 못한 아이들의 목소리를 흡수했고, 어머니들의 고통과 아버지들의 무력함을 질식시켰다. 나는 침묵 때문에 깨질 듯이 아픈 머리를 부여잡고 앞으로 나아갔다.

라셸을 제외한 우리 세 명은 이따금씩 그녀에게 조심스러운 눈길을 돌리곤 했다. 그녀의 친지 중 몇 명이 여기서 죽었다는 사실을 알고 있었기 때문이다.

그런데 라셸은 믿을 수 없이 침착한 태도를 보였다. 깔끔하고 나무랄 데 없는 검은 투피스에 머리를 단정하게 올리고, 눈화장까지 완벽하게 마친 얼굴을 하고서, 우리 앞에서 아주 편하고 경쾌하고 확고한 걸음걸이로 걷고 있었다. 마치 자기 영지를 돌아보는 성주의 부인 같은 모습이었다. 얼굴 하나 찌푸리지 않았고, 어떤 감정적인 몸짓이나 손짓도 보이지 않았다. 희생자들의 이름이 일일이 적혀 있는 '추모관'에 들어섰을 때에는 자기의 작은할아버지, 작은할머니의 이름을 담담하게 가리키기까지 했다. 라셸 로젠베르그라는 이름도 있었다. 그녀와 똑같은 이름을 가진, 다섯 살 때 죽은 사촌이라고 했다.

고인들이 신었던 수천 켤레의 신발들이 쌓여 있는 건물을 통과할 때였다. 캉디는 분홍색 비단에 황금색 고리 장식이 달린 조그만 여자아이의 신발 앞에 멈춰 섰다.

"있잖아, 라셸! 나, 저것과 똑같은 신을 갖고 있었어! 아주 똑같은 거야! 아, 내가 만일 유대인이었다면……"

캉디가 눈물을 흘렸다. 그 신발, 예전에 그녀가 그렇게도 갖고 싶어했고, 신고 다녔고, 좋아했던 그 작은 신발은 순진무구

한 아이들의 죽음을 증명하고 있었다. 라셸이 그녀를 품에 안고 토닥거려주었다.

그후로 나는 가슴을 졸이지 않아도 되었다. 그 아이의 신발보다 죽은 자의 흔적을 더 많이 담고 있는 건 더이상 없을 테니까! 나는 수천 구의 시체들이 쌓여 부패중인 시체 안치실 사이로 들어가고 있는 느낌을 받았다. 조에는 밖에 있는 통로에서 잿빛 하늘을 올려다보며 꼼짝 않고 서 있었다. 짭짤한 과자가 들어 있는 통 안에 연신 손을 넣었다 뺐다 하면서.

라셸은 그러나 버스를 타고 돌아오는 길에 결국 무너지고 말았다. 그녀는 천천히, 그리고 조용히 눈물을 흘렸다. 내 어깨에 머리를 기댄 채 이따금씩 "왜? 도대체 왜?"라고 중얼거리면서.

그날 밤, 라셸이 내 호텔 방으로 들어왔다. 그녀는 본래의 표정, 본래의 당당한 태도, 본래의 오만함으로 이미 돌아온 후였다. 그녀가 문지방을 넘어서면서 말했다.

"키키, 베토벤 좀 꺼내봐. 여기까지 갖고 왔다는 거 알아."

그녀의 어투에는 복종하지 않을 수 없게 만드는 뭔가가 있었다.

나는 가방에서 베토벤의 안면 석고부조를 꺼냈다. 그녀는 그것을 집어들더니, 내 침대에 걸터앉아 무릎 위에 올려놓고 찬찬히 살펴봤다.

나는 라셀에게 대체 무슨 일이 일어난 건지 궁금했다. 그녀가 조용한 목소리로 말했다. 히틀러 이후로 더이상 베토벤을 믿을 수 없게 되었노라고. 있을 수 있는 일이다. 모든 나치들이 베토벤을 찬양하고 바그너를 숭배했으니까. 당시의 학살자들은 콘서트나 오페라에 가서 베토벤과 바그너의 음악을 즐긴 후 일터로 돌아가, 유대인들을 잔인하게 학대하곤 했다. 문화, 그것은 결코 야만성을 막지 못하며 잠시 잊게만 할 뿐이다. 마치 향수가 역한 냄새를 감추듯이. 그래서 라셀처럼 사랑하는 이들을 나치의 만행에 잃은 사람들에게 베토벤은 가스실의 가스 냄새를 풍긴다. 사실 따지고 보면 베토벤은 그 일과는 아무 상관이 없었다. 그는 나치가 권력을 휘두르기 오래전에 이미 죽었으니까. 하지만 그것은 합리적인 추론, 이성의 소리일 뿐이다. 너무도 많은 피가 흐른 고통 앞에서 이성 따위는 작동하지 않는다. 내 경우의 카르보나라 스파게티처럼. 나와 처음으로 결혼을 약속했던 남자가 어느 날 저녁에 카르보나라 스파게티 접시를 앞에 두고 갑자기 내게 작별을 선언했다. 그때 난 세상이 끝나는 줄 알았다. 그후로 카르보나라 스파게티는 내게 결별의 냄새를 풍긴다.

물론 한 멍청이에게 버림받고 내팽개쳐진 스무 살의 나를 수백만 명의 대학살에 감히 비교할 수 없다는 건 나도 안다. 난

단지 라셸이 베토벤에 대해 쏟아낼 욕설들을 감내할 준비가
되어 있었음을 설명하느라 그 일을 떠올렸을 뿐이다.

그런데 전혀 뜻밖의 일이 벌어졌다. 베토벤의 석고부조를 가
만히 응시하고 있던 그녀의 눈에 서서히 눈물이 차오른 것이다.

"키키, 소리 들리니?"

"무슨 소리?"

"이 부드러운 소리*가 들리느냔 말이야. 너무 부드러워서 오
히려 강한 소리야. 조용하면서도 부드럽고, 그래서 힘이 있어.
용기의 아름다움이야. 멀리서, 죽음에서 되돌아오는 소망, 두
려움을 떠나 허무에서 솟아나는 소망이지. 그는 용기를 내라
고 외치며 앞으로 나아갔어, 고집스럽게. 키키, 베토벤의 이 얼
굴 좀 봐. 자신이 한낱 인간에 지나지 않는다는 걸 알고 있는
얼굴 아니니? 그는 언젠가는 반드시 죽을 거라는 것도, 자신
의 청각이 소실될 거라는 것도 알고 있어. 인간이 인생의 전투
에서 결코 승리자로 떠날 수 없음을 알고 있는 거야. 하지만
그는 주눅들지 않고 계속 앞으로 나아갔어. 작곡을 하고, 창작
을 하고…… 끝까지, 죽는 순간까지 말이야. 그 비극적인 역사
가 있은 후, 우리 가족 친지들도 그렇게 살아왔어. 영웅적인 행
위는 복수하는 데 있지 않고, 매일매일 매시간 힘을 얻어 살아

---

* 교향곡 7번 A장조, op. 92, 2악장 알레그레토.

가는 데 있더라. 왜 하필 나일까? 왜 나는 살아남았을까? 넌 이해 못할 거야. 결코 이해할 수 없지. 그러나 이해할 수 없어도 계속 가야 해. 그래야만 하는 거야. 용기라는 건 바로 그런 거야. 고집, 어둠 속에서도 계속 전진해가는 끈질김, 저 어둠의 끝에 반드시 빛이 있을 거라는 믿음과 희망. 키키, 넌 그것들을 사랑하고 있어. 비록 나처럼, 너도 사랑할 수 있는 재능을 받진 못했지만 말이야. 친구야, 석고부조에서 나는 이 소리가 들리니?"

"글쎄."

"들어봐."

그녀가 초록빛 눈을 크게 뜨고 나를 쳐다봤다. 그리고 그 순간 나는 베토벤의 소리를 느꼈다.

"라셀, 난 얼마나 놀랐는지 몰라. 수용소를 나설 때 이런 생각이 들더라. 그동안 베토벤의 석고부조가 침묵했던 까닭은 바로 전쟁과 홀로코스트, 수백만 명의 죽음과 수백만 명의 살인자들 때문이었다고 말이야."

"베토벤의 얼굴을 들여다봐. 그는 결코 침묵하고 있지 않아. 키키. 네가 베토벤이 석고로 만들어졌다고 확신하던 그 순간에 베토벤은 깨어났어. 생명이 끝났다고 우리가 판단하는 그 순간에 그는 살아 움직이는 거야."

라셸이 두 손을 자기 귀에 갖다 댔다. 마치 눈이 너무 부셔서 뜰 수 없고, 귀가 완전히 멀어 듣지 못하는 듯한 표정으로. 두 귓불을 감싸고 있는 그녀의 손바닥이 소리로부터 자신을 보호하기 위한 건지 아니면 그 소리를 자신 안에 간직하기 위한 건지는 모르겠지만······

"아! 옛날처럼 그의 음악이 들려! 예전보다 더 또렷하게. 아마 내가 이곳 아우슈비츠에 왔기 때문일 거야. 우리의 끔찍한 과거 속을 용기 있게 걸었기 때문이라고. 키키, 사실 난 어제까지만 해도 도망치기만 했어. 충격받을까봐 피해다녔던 거지. 베토벤의 흉상, 베토벤의 부조 들을 침묵하게 만들었던 그 충격 말이야. 우리는 비극으로부터 자신을 보호하려고 안간힘을 쓰고, 그래서 그 비극의 실체를 알고 싶어하지 않아. 아예 잊어버리고 싶어하지. 하지만 고통의 깊이를 헤아리지 않으면, 용기의 깊이도 잃어버리고 말 거야. 우리가 침묵을 피했기 때문에, 침묵 속에서 태어나는 음악을 더는 들을 수 없었던 거야."

우린 기쁜 마음을 갖고 아우슈비츠 여행에서 돌아왔다. 그랬다. 이상하게 들리겠지만 우린 기뻤다. 그후 나는 다시 내 벤치를 찾았다. 베토벤에 대한 불쾌감이 훨씬 줄어들었음을 느꼈다. 살아 있다는 느낌을 받았다. 부분적이긴 하지만 생동

감도 느꼈다. 라셀이 옳다. 우리는 자신을 두렵게 만드는 것을
피하려고만 했기 때문에 무감각해졌던 것이다. 그러나 난 나
의 고통과 대면할 약속을 잡지 않은 채 여전히 뒤로 미루고 있
었다.

오빠가 나를 찾아왔다. 광장에 가면 내가 랄프와 베토벤과
부바카르와 함께 있을 거라고 친구들이 알려주었던 것이다.
"자, 불쌍한 내 누이, 크리스틴! 대체 어떻게 된 거냐?"
"'불쌍한 내 누이 크리스틴'이라고?"
알베르는 나를 보러 올 때마다 자기가 최근에 새롭게 손에
넣은 것에 내가 감탄해주길 바란다. 애인, 자동차, 아파트, 별
장, 기타 등등…… 그런 모습을 내가 몹시 한심하게 여긴다는
걸 알면서도 늘 그런다. 꽉 찬 칠십 세가 되었건만, 아직도 나
잇값을 못하고 여전히 나를 기절초풍하게 만들 짓만 골라서
하고 다니는 위인이다.
"오빠! 왠지 자신만만해 보이네. 대체 뭘 샀기에 그래? 이번
엔 또 무엇으로 내 입을 딱 벌어지게 하려는 거야? 기차? 유
람선? 아님 탱크라도 샀어?"
"피카소."
"젠장."

"반응이 어째 그러냐? 아무튼 땡큐!"

"온전한 피카소 작품이야?"

"그럼. 폭 3미터에 길이 2.5미터짜리. 1921년에 그린 거야. 좋은 시절의 그림이지."

"돈 벌었구나." 내가 말했다. "어디, 오빠의 피카소 작품 좀 보여줘봐."

"말도 안 되는 소리! 크리스틴, 꿈도 꾸지 마라! 벌써 은행에 넣어두었으니까. 투자한 게 얼만데, 그걸 도둑들에게 넘겨줄지도 모를 모험을 한단 말이냐!"

나는 웃음을 터뜨렸다. 안심이 되어서랄까…… 피카소 작품에게 호흡도 시켜주고, 남들에게 전시도 시켜줘야 하므로, 그 작품을 금고 안에 넣고 잠글 권리가 오빠에겐 없다. 하지만 난 알베르 오빠가 여전히 바보 천치임을 확인할 수 있어서 만족스러웠다. 나는 이렇다. 이것이 나다. 내겐 변하지 않는 기준이 필요하다. 저기는 북쪽, 여기는 남쪽, 봄에는 딸기, 가을에는 사과, 기타 등등처럼…… 오빠가 한심한 멍청이라는 것 역시 변하지 않는 기준이다.

알베르는 마치 부바카르가 그 자리에 존재하지 않는 것처럼 그를 벤치 끝으로 밀어내고는, 나와 대화를 이어보려고 애쓰면서 내 디스크들을 살펴보다가 갑자기 외쳤다.

"크리스틴! 베토벤에 대해서 말인데, 너 그거 알고 있냐? 베토벤은 완전히 귀가 먹었기 때문에, 평생 동안 자신이 그림을 그리는 화가인 줄 알고 있었다는구나."

그러고는 자기가 한 농담에 자기가 반해 흐뭇해 미치겠다는 듯했다.

나는 그가 좀 진정되길 기다렸다가 예의바르게 물었다.

"알베르! 오빠는 변호사인 데다, 변호사 사무실까지 운영하고 있으니 잘 알겠지? 지성을 모독했다는 이유로 살인을 하는 경우가 흔할까? 누군가가 도저히 참을 수 없을 정도로 멍청하다는 것 때문에 그 사람을 살해하는 경우도 있어?"

알베르는 한참 생각하고 나서 진지하게 대답했다.

"형법학자는 아니다만, 내가 알기로는 이 세상에서 바보를 없애겠다고 살인을 하는 사람은 절대로 없어."

"절대로? 오, 그거 정말 실망스러운걸. 안 그래, 오빠?"

그러자 부바카르가 배꼽을 잡고 웃기 시작했다. 그 모습을 곁눈질하는 것이 알베르를 보고 있는 것보다 훨씬 유쾌했다. 웃음 때문에 수축된 부바카르의 근육이 유연하면서도 지방질 없이 탄탄하게 단련된 배를 보여주었으니까.

다음 날 나는 라셀에게 송아지 마렝고* 요리법을 설명해주고 나서, 갑자기 생각난 것처럼 말했다. 베토벤의 석고부조를 돌려달라고…… 아우슈비츠에 다녀온 이후로 라셀이 계속 갖고 있었던 것이다.

"미안해, 키키. 네게 물어보지도 않고 조에에게 빌려줬지 뭐야."

"조에?"

"응. 조에가 하도 빌려달라고 조르는 바람에……"

"조에가?"

"내가 잘못한 건가? 그러면 안 되는 거였어?"

"조에……"

나는 최근 들어 조에에게 어떤 변화가 일어났다는 걸 어렴풋이 느끼고 있던 참이었다. 그런데 텔레비전 위에 놓여 있는 베토벤의 석고부조 앞에서 행복에 도취된 얼굴로 미소짓는 그녀를 우연히 보고서는, 그 변화를 확신하게 되었다.

"조에, 내게 할말 없니……?"

"응, 있어! 이 석고를 들여다보다가 음악 소리를 들었어."

난 음악을 들려줬다는 베토벤의 데스마스크 앞으로 가서, 그

---

* 나폴레옹이 이탈리아 마렝고 지방에서 오스트리아군에게 대승을 거두었을 때 먹은, 튀기고 조린 고기에 달걀을 곁들인 요리.

말없는 입술, 꼭 감은 두 눈, 창백한 두 뺨에 눈길을 던졌다.

"그가 네게 연주를 해주었어?"

"응."

"여기서? 지금?"

"응, 그렇다니까!"

"어떤 곡?"

"비창 소나타*."

난 갑자기 불행한 기분이 들었다. 입안에 쓴맛이 돌았다. 라셀에 이어서 조에까지…… 베토벤의 석고부조를 발견한 건 나였는데! 이것을 친구들에게 소개해준 것도 나였는데!

조에는 내가 상처 입었음을 눈치챘다. 그래서 베토벤에게 친근한 눈짓을 살짝 보내고는 내 손을 잡았다. '잠깐만 기다려줘요, 내 친구랑 이야기 좀 나누고 금방 돌아올게요' 하는 뜻의 눈짓이었다.

"키키, 이리 와봐."

조에는 나를 우리 건물의 홀로 데리고 갔다. 그러곤 작은 자갈로 만든 일본식 분수와 식물들 사이에 있는 우편함 앞의 긴 의자 위에 앉게 했다.

"키키. 어디서부터 이야기를 시작해야 할지 모르겠는데 말이

---

* 피아노 소나타 8번 C단조 '비창', op. 13, 2악장 아다지오 칸타빌레.

야……."

"처음부터 시작해서 끝으로 가면 되지 뭘 그래. 알고 있어, 베토벤의 석고부조가 네게 음악을 연주해주었다는 이야기를 하려는 거잖아."

"맞아. 그 일은 베토벤과 내가 많은 공통점을 갖고 있다는 걸 깨닫는 순간에 시작되었어."

뭐라고! 하마터면 소리를 지를 뻔했다. '아니, 이건 또 무슨 소리야? 베토벤이 비만이기라도 했단 말이야?' 난 그냥 입을 다물고 있는 편이 낫겠다고 생각해서 가까스로 참았다.

"그래, 키키. 베토벤과 나, 우리는 똑같은 고민을 하고 있었어. 우선 그의 귀가 멀었다는 점. 그다음엔 그가 사랑에 있어서 결코 행복하지 못했다는 점."

"미안하지만, 조에! 네 귀가 잘 안 들리는 건, 베토벤의 경우만큼 심각한 문제가 아니야. 넌 음악을 만들지 않잖아."

"맞아. 하지만 내게 더 중요한 건, 사랑에 있어서 불행했다는 점이야."

"그래? 어째서?"

"왜냐하면 나는 음악을 작곡하지 않는 대신 있는 힘을 다해 사랑을 하기 때문이야. 내가 사랑하는 건, 살기 위해서야. 나를 완성시키고, 나를 표현하기 위해서지. 너도 아무 재능이 없다면, 살기 위해서 어떻게든 한 가지 재능이라도 가지려고 애를 썼을 거야! 알다시피 내겐 아무것도 없어. 실패만 무수히 했을 뿐이지."

"무슨 소리야! 넌 결혼을 무려 세 번이나 했잖아."

"이혼도 세 번 했지."

"넌 멋진 사랑들을 체험했어······"

"단지 내 상상 속의 사랑들일 뿐이었어."

난 그 말에 반박하지 못했다. 누구나 다 아는 거지만, 조에는 자신에게 눈길을 주지 않는 남자들만 용케 골라서 사랑에 빠지는 재주를 갖고 있었기 때문이다. 여성을 경멸하는 남자가 있으면 조에는 당장 그에게 마음을 빼앗겼다. 자기 일이나 돈 혹은 자기 미래에만 관심이 있는 남자만 보면 그에게 꽃을 보냈다. 그리고 정력적인 바람둥이 남성을 만나면, 망설임 없이 그에게 술을 샀다. 단 한 번도 실패하지 않는 그녀의 놀라운 후각이여! 이제까지 그녀는 지구상에서 오직 자기 아내에게만 충실한 남자 두세 명을 유혹하여 우리를 기죽이는 데 성공했고, 덕분에 나는 아내에게만 충실한 남자는 절대로 존재하지 않는다는 확신을 갖게 되었다. 어쨌든 그처럼 확실하게 실패하는 것도 재능이다. 난 그녀가 자기 손에 닿지 않는 남자들만 열렬히 사모하는 모습을 초등학교 때부터 봐왔다. 그녀가 결혼했던 세 남자 가운데 첫번째 남자는 그녀를 때렸고, 두번째 남자는 알코올 중독자였으며, 세번째 남자는 우편배달부 남자와 눈이 맞아서 도망쳤다.

"키키! 저 남자 좀 봐."

조에가 속삭였다.

고개를 돌려보니, 라울 드 지공다스가 홀을 가로질러오고 있었다. 라울 드 지공다스! 백합 실버타운에 살고 있는 남자들 중에서 유일하게 돋보이는 남성이다. 개인적으로 나는 그를 '무결점 신사'라고 불렀다. 그만큼 그는 여자가 남자에게 요구하는 모든 장점들을 갖고 있었다! 보기 드문 미남에다 청결하고, 홀아비고, 예의바르고, 대화를 잘하고, 세련되게 옷을 입고, 기가 막히게 좋은 냄새를 풍기고, 저녁이면 연극 공연이나 음악회에 가는 것을 좋아한다. 실제로 그는 너무 완벽해서 우리 모두는 그가 두렵기까지 하다. 캉디마저도.

"말도 안 돼! 조에, 혹시 너, 무결점 신사마저 손아귀에 넣은 거야?"

"두고 보라니까."

그녀가 내게 미소를 보이며 말했다.

라울 드 지공다스는 우편함 쪽으로 가더니 자기 편지함을 열고 우편엽서 한 장을 꺼냈다. 그러고는 얼른 엽서를 읽어내려가기 시작했다.

무결점 신사는 벽에 기대선 채 감동적인 표정으로 편지를 읽고 또 읽었다. 게다가 몇 마디 단어를 가만히 입술에 올려 되뇌기까지 했다. 마치 편지와 내밀한 관계에 들어가려는 것처럼. 그의 얼굴이 기쁨으로 환해졌다.

"실은 저 엽서를 쓴 사람이 바로 나야."

조에가 중얼거렸다.

그때쯤 무결점 신사는 엽서 내용을 다 외웠음이 분명했다.

"세상에, 조에! 브라보! 너 정말 대단하구나!"

무결점 신사는 한숨을 한번 쉬고는, 엽서를 자기 피부에 가장 가까운 윗저고리 주머니에 집어넣었다. 그리고 우리에게 다가오는가…… 싶더니……? 곧장 밖으로 나가버렸다.

"어, 어, 그런데 조에……! 네게 한마디도 없이 그냥 가버렸잖아!"

"자, 이제 가자!" 조에가 달콤하게 속삭였다. "베토벤 이야기를 하면서 설명해줄게."

방으로 돌아온 그녀는 베토벤의 얼굴을 집어들고 잠시 침묵했다. 또다시 비창 몇 소절을 듣는 것 같았다…… 그러고 나서 드디어 이야기를 꺼냈다.

"베토벤은 한 번도 제대로 사랑을 나눠보지 못했어. 그는 사랑을 종교처럼 여겼지. 심지어 한 작품에는 '멀리 있는 연인에게'라는 제목을 붙이기까지 했어…… 그래서 난 생각했지. 중요한 건 사랑이 존재하게끔 만드는 거지, 사랑으로 행복해지는 게 아니라고. 라울 드 지공다스, 나는 그를 사랑해. 그래서 그에게 사랑의 선행을 하고 있는 거야. 하지만 그는 자기에게 편지를 보내고 있는 여인이 바로 나라는 건 까맣게 모르고 있어. 내가 편지마다 '멀리 있는 여인'이라고 서명하고 있으니, 그로서는 모를 수밖에 없지. 어쨌거나 그는 내가 보내는 편지를 읽을 때마다 아내의 죽음에 대한 슬픔으로부터, 고독으로부터, 늙음으로부터 빠져나와 행복한 순간을 살고 있어. '멀리 있는 여인'이 자기와 같은 건물에 살고 있을 거라고는 꿈에도 생각 못 할 거야. 그는 자기에게 용기를 주고, 자기만 생각해주고, 좋아해주는 미지의 신비스런 여인이 지금 온 세상을 돌아다니고 있는 중이라고 생각해. 왜냐하면 내가 세계 각국에서 엽서를 보내고 있거든."

"엉? 그건 또 무슨 소리야? 어떻게?"

"내 조카 에밀리 기억하니? 온 세상을 누비고 다니는 애 말이야."

"모르겠는데."

"아무튼 그런 애가 있어. 나랑 전혀 닮지 않은 애야!"

"그래서?"

"그애가 스튜어디스란다. 장거리 비행 전문이지. 내가 조카에게 편지를 써 보내면, 그애가 엽서에 그대로 베껴써서, 외국에 들를 때마다 그 편지를 이곳으로 부치는 거야. 그애도 그 일을 무척 즐기고 있단다."

"세상에, 조에! 어떻게 그런 생각을 한 거니?!"

"난 행복해. 그도 행복해하고. 사랑이 존재하고, 그 사랑이 우리를 행복하게 해주는 거지."

"하지만 그게 다 무슨 소용이야. 그 사람과 넌 이 건물 안에서는 서로 인사도 안 건네는 사이잖아."

"이 안에서의 삶은 그렇지. 하지만 우리에겐 또다른 삶이 있잖아."

"또다른 삶?"

"그래, 또다른 삶! 그 상상 속의 삶이 이곳에서의 삶을 충만케 하고, 따뜻하게 해주고, 가득 채워주고 있어. 그는 내 덕분에 편지함을 들여다보고, 소망을 품고, 미소를 지을 수 있고, 나는 나대로 그 사람 덕분에 즐겁고, 상상력을 발휘하며 전 세계를 여행하고 있으니까. 내가 계속해서 아름다움을 간직하고 싶어지는 것도 아마……"

나는 깜짝 놀랐다. 베토벤 덕분에, 아니 더 정확하게는 베토벤의 데스마스크 덕분에, 한 남자도 붙잡을 수 없었던 조에가 매력덩어리 남자의 소중한 연인이 된 것이다. 그것도 그냥 소중한 게 아니라, 멀리 떨어져 있기에 구구절절이 그리워할 수밖에 없는 연인, 결코 손에 넣을 수 없는 신비스러운 여인 말이다.

그다음 주에 난…… 나 역시 용기 있게 물에 뛰어들 것인지 포기할 것인지를 고민하며 보냈다. 라셀과 조에는 이미 멋진 다이빙에 성공했다. 그런데 나는? 캉디가 나를 앞지르게 놔둘 것인가? 탈색의 여왕, 선탠 조명의 왕비, 오로지 가슴이 깊이 파인 새 옷을 입어볼 수 있다는 이유만으로 얼마든지 멍청한 남자들과 따분한 저녁을 보낼 수 있는 유일한 여자 캉디! 그녀가 베토벤의 석고부조에서 나보다 먼저 음악 소리를 듣게 되는 건 아닐까?

나는 마침내 물에 뛰어들기로 결심했다. 며느리를 만나러 간 것이다. 해결책이 있다면, 오직 그곳에 있을 수밖에 없음을 알기 때문이다.

불행히도 나는 엘레오노르의 편지가 오는 족족 쓰레기통에 집어넣었던 탓에, 어디로 가야 그녀를 만날 수 있을지 몰랐다.

그녀에 대한 정보를 얻기 위해 나는 랄프를 손에 들고 오빠의 사무실로 갔다. 그리고 들어가자마자 다짜고짜 베토벤의 음악*부터 틀었다. 그러고 나서 오빠에게 물어봤다. 멍청하고 못되고 뻔뻔한 그년의 소식을.

"누구 이야기를 하는 거냐?"

"그애 말이야. 난 그애를 생각할 때마다 그런 표현밖에는 떠오르지 않아. 다른 사람들은 그년을 엘레오노르라고 부르더군."

"아, 네 며느리?"

"예전 며느리!"

물론 알베르는 그녀의 주소를 갖고 있었다.

"이봐, 크리스틴. 난 가족의 의미를 적어도 너보다는 더 알고 있어."

"내 가족도 가족이라고 할 수 있다면, 나도 그깟 것 따위는 충분히 알아."

"엘레오노르는 정말 괜찮은 여자야. 아니, 뛰어난 여자라고 해야지."

알베르는 마치 뛰어난 여자들에 대해 전문가라도 되는 것처럼 말했다.

"오빠가 그애를 마음에 들어하는 건 당연해. 오빠에겐 그년이 리히텐슈타인에 있는 은행 금고처럼 사랑스럽겠지."

---

* 아테네의 폐허, op. 113, '터키 행진곡'.

"그애를 찾아가 또 무슨 비난을 하려고 그래?"

"왜 아직도 살아 있느냐고."

알베르는 마른기침을 몇 번 흠흠 하면서, 경쾌한 곡으로 한껏 기분을 내고 있는 랄프를 가리켰다.

"또 베토벤이냐?"

"응. 아테네의 폐허야. 오빠를 생각해봤지."

오빠가 잠시 생각에 잠겼다.

"크리스틴, 지난번에 어느 호텔 엘리베이터 안에서 월광 소나타를 들었단다. 그때 이런 생각이 들더구나. 베토벤이 달에서 지구를 봤다면 어떤 곡을 만들었을까? 지광 소나타 아닐까? 베토벤이 달에 갔었다면, 아마 음악의 역사를 바꿔놓았을 거야."

"우주 비행의 역사도."

오빠가 제법 구도자다운 표정으로 미소를 지으며 말했다.

"자, 이게 그애의 주소야. 내가 전에 말했는지 모르겠다만…… 베토벤이 귀가 완전히 멀어버려서 자기가 일생 동안 그림을 그린다고 생각하며 악보를 그렸다는 건 알고 있니?"

"오빠는 완벽하게 멍청해서 일생 동안 자신이 똑똑하다고 믿으면서 살고 있다는 건 알아?"

며느리가 사는 아파트에 도착했다. 나는 층계참 구석 어두운

곳에 랄프를 내려놓고, 그애의 집 앞에서 초인종을 눌렀다.

"엘레오노르. 그냥…… 우연히 이곳을 지나가다…… 문득 네 생각이 나서 들러봤다. 잘 지내니?"

"좋은 질문이네요. 그렇게 물어봐주셔서 고마워요."

늘 이런 식이다! 이게 내 며느리의 전형적인 대화 방식이다. 수수께끼 같은 문장들. 이런 말에 내가 뭐라고 대답해야 한단 말인가? 그러니 그애와 소통이 잘 안 된다는 건 조금도 놀랄 일이 아니다.

"어머니는 잘 지내세요?"

"그래, 너무 잘 지내서 탈이라면 탈일까! 요즘 새로 사귄 어린 친구 부바카르에게 힙합 댄스를 배우고 있단다. 네 바퀴 연속 돌기까지 배웠지. 손바닥으로 균형 잡는 건 제법 할 수 있게 되었어. 조금 더 있으면 뒤로 넘기까지 할 판이다. 그런데 머리를 땅에 대고 도는 건 아직도 잘 안 되더라. 모자를 쓰고 하는데도 말이야."

그녀가 작은 소리로 내게 앉으라고 말했다.

"잘됐군요. 잘됐어요."

두 가지 해석이 나온다. 그녀가 내 말을 제대로 듣지 않았든지, 아니면 내가 아무 말이나 나오는 대로 지껄이고 있다는 걸 알고 있든지……

우리 사이에 다시 무거운 침묵이 자리잡았다. 매초마다 점점 더 높아지는 벽돌담. 거북해서 견딜 수가 없다. 정말이지 처음부터 오고 싶지 않았다, 당장이라도 자리를 박차고 나가고 싶다.

"아직도 혼자 사니, 엘레오노르?"

"네."

"넌 젊어. 다시 새 인생을 시작할 수 있잖니."

"새 인생이라니요! 제 인생은 하나예요. 그 인생이 계속되고 있을 뿐이에요. 조르주는 영원히 제 안에 있어요."

그 계집애가 감히 입 밖으로 내뱉고 말았다! 그 망할 년은 알고 있었다. 내가 아들의 이름을 듣는 것을 못 견뎌한다는 걸……

벌떡 일어나며 쏘아붙였다.

"이제 그만 가봐야겠다, 엘레오노르."

"왜요? 어머니는 조르주 생각을 더이상 안 하세요? 어머닌 아직도 그이에게 메시지를 보내고 있지 않으세요?"

그녀에게 대답할 힘이 없었다. '조르주'라는 이름을 듣는 순간, 모든 것이 굳어버린다. 도저히 고통을 견뎌낼 수 없을 정도로 몸과 마음이 아파왔다. 난 조르주 생각을 더는 하지 않기로 맹세했었다. 그래서 그를 생각 속에서 지워버리고, 기억 속에서 제거해버렸다! 그래서 내 뇌 속에는 구멍이 숭숭 나 있다. 내가 쏜 포탄으로 푹 파이고, 크게 벌어진 구멍! 그 구멍에선 아직도 연기가 피어오르고 있다! 나는 끝까지 폭격을 계속할 것이다.

그런데 엘레오노르, 그년이 누구에게나 연민을 불러일으킬 만한 나무둥치를 뽑아 내 길을 막아버렸다.

"전 어머니와 함께 조르주 이야기를 하고 싶었어요. 우리가 화해를 하고 친구가 되어, 함께 그이를 추억할 수 있는 순간을 제가 얼마나 기다렸는지 어머니가 아신다면! 그러면 우리 사이에도 진정한 평화가 찾아올 거예요. 하늘에 있는 그 사람도 비로소 참된 안식을 얻을 테지요!"

"너랑 친구가 된다고? 오, 엘레오노르, 꿈도 꾸지 마! 절대로! 말도 안 되는 소리야! 난 그애가 자살한 건 전적으로 네 탓이라고 생각해. 그애는 너랑 있는 동안 행복하지 않았어. 네가 그애를 사랑하지 않았으니까! 충분히 사랑하지 않았지! 그래, 좋아, 그애는 스스로 목숨을 끊었어. 하지만 살인자는 너야. 네가 범죄자라고! 이 살인자!"

그 순간 그녀가 외쳤다. 안도감을 느끼는 표정과 함께.

"드디어! 네, 드디어 어머니의 생각을 입 밖으로 내셨군요."

"뭘? 내가 널 증오한다는 거? 넌 내 아들과 이십 년을 살면서 그 사실을 깨달을 기회가 충분히 있었을 텐데. 안 그래?"

"물론 충분했죠. 어머니가 저를 의심하고, 비난하고 있다는 걸 아주 잘 알고 있었어요. 그이가 죽고 난 뒤에 더 확신하게 되었지만, 그래도 어머니가 직접 말씀해주시길 바랐어요. 고마워요, 어머니."

"그거 잘됐구나, 이제 그 말이 나왔으니. 난 가야겠다. 부바카르에게 힙합 수업을 받기로 했거든. 랄프도 밖에서 기다리고 있고."

"랄프요?"

"내 오디오 이름이다. 내게 베토벤을 연주해주는 친구지."

그녀가 갑자기 눈을 크게 뜨더니 머리를 흔들며 미소를 지었다.

"아, 그래서……"

그 순간에 무서운 두통이 또다시 나를 덮쳤다. 바닥이 물렁거리고, 벽이 흔들렸다. 당장 그 자리를 떠나지 않으면 난 끝장이다. 그런데도 마땅히 피해야 할 그 끔찍한 질문을 해버리고 말았다.

"'아, 그래서'라니? 그게 무슨 뜻이냐, 엘레오노르. 내가 모르는 무슨 일이 있다는 거니?"

"베토벤! 조르주는 베토벤을 열렬하게 좋아했었죠. 그가 말해요. 어머니가 그 감정을 자신에게 전염시켰다고요."

그 소리에 난 털썩 주저앉아버렸다. 조르주, 베토벤…… 숨쉴 공기가 필요했다. 우리의 감정들이 그 방의 산소를 모두 몰아내버리다니, 참으로 이상한 일이다. 내 두개골 밑에서 뚜껑이 탁 열리더니, 그 안에서 소란스럽게 복닥거리던 수많은 생각들이 일시에 터져나와 온 사방을 날아다니기 시작했다.

엘레오노르가 서랍장에서 편지 한 통을 꺼냈다. 조르주가 내게 쓴 편지였다. 절대로 열어보고 싶지 않았던 편지…… 그런데 갑자기 그 편지가 읽고 싶어졌다.

"어머니도 아시겠지만, 이 편지를 읽기 전에 조건이 있어요."

"잔소리는 집어치워, 엘레오노르. 그 편지 당장 내놓지 못하겠니!"

"안 돼요. 조르주가 반드시 한 가지 조건을 내세웠어요."

"엘레오노르, 네가 반드시 알아야 할 게 있어. 지금 여기서 내가 너를 얼마든지 쥐도 새도 모르게 죽여버릴 수 있다는 거 말이야. 어느 쪽이 좋겠니? 방망이로 때려죽일까? 아니면 네 목을 졸라줄까? 그것도 아니면 칼로 피를 보게 해줘?"

"어머니, 제발 조르주의 뜻을 존중해주세요. 그를 믿어보세요. 그이는 이 편지를 쓰면서 많은 생각을 했던 거예요. 이 조건을 내세우면서, 틀림없이 어머니 생각을 아주 많이 했을 거예요."

"마치 네가 그애 편이라도 되는 듯이 말하는구나."

"전 언제나 그이 편이었어요. 어머니는 아닌가요? 어머니도 그러셨잖아요."

사악한 년!

백합 실버타운으로 돌아온 나는 캉디를 보러 올라갔다.

"캉디! 무슨 일이야? 여전히 예쁘긴 하다만, 혹시 요즘 일이 킬로그램 더 늘어버린 건 아니야?"

불쌍한 캉디! 잘 구운 빵 빛깔 같은 그녀의 얼굴이 순식간에 슬픔으로 일그러졌다.

"네 눈에도 느껴질 정도야?"

"요즘 체육관에 운동하러 가지 않는구나?"

"무슨 소리야. 당연히 가지."

"아…… 그럼 네 방에서 자전거 타기를 안 했던 거야?"

"솔직히 말해 내 방에 돌아오면 그때부터 텔레비전을 보면서 무조건 햄스터처럼 페달을 돌린단다."

"흠, 그렇다면…… 아마도 나잇살인가보네. 그건 어쩔 수 없지……"

캉디가 절망적으로 고개를 푹 숙였다. 마치 목을 치러 온 망나니 앞에서 순순히 목을 내놓는 것처럼. 난 그런 그녀를 향해 건성으로 하는 것처럼 한마디 툭 내뱉었다.

"내 친구 중에 일주일 만에 오 킬로그램을 뺀 애가 있어."

기쁨의 소망이 캉디의 목을 다시 곧추세워줬다.

"그래? 어떻게? 살 빠지는 약을 먹었대? 다이어트를 했대? 오, 제발 부탁이니, 말 좀 해줘! 빨리 말해봐!"

"콤포스텔라 성지순례를 했다는군. 물론 걸어서."

"콤포스텔라 성지순례?"

"응, 일주일에 오 킬로그램! 무려 오 킬로그램의 살덩어리가 휙 날아가버린 거야……"

주름살을 없애려고 맞은 보톡스 주사 덕분에 이마가 마비되지 않았더라면, 캉디는 틀림없이 눈썹을 찌푸렸을 것이다. 아마 지금도 머릿속에서는 자기도 모르게 눈썹을 찌푸리고 있을 거다. 겉으로 드러나지 않았을 뿐.

"키키, 나랑 함께 콤포스텔라에 가지 않을래? 물론 걸어서."

"흠, 너도 알겠지만 내겐 그런 신앙심이……"

"키키, 제발! 오 킬로그램이야! 무려 오 킬로그램이라고. 너도 오 킬로그램쯤 빠지는 게 나쁘지 않을 텐데."

이 주 후에 우리는 그 길을 걷고 있었다.

하루에 이십 킬로미터씩. 너무 힘들다. 밤이면 발에서 피가 났다.

난 캉디에게 말하지 않았다. 이 순례의 여정이 바로 조르주가 내게 제시한 조건이었다는 사실을. 이 여행을 마치지 않는한 엘레오노르는 절대로 그 편지를 내게 주지 않을 것이다. 이여정은 옛날 그애가 열 살 때 나와 함께했던 코스였다.

우리는 계속 걸었다.

라셀에게 물어봤을 때, 그녀는 어깨를 한번 으쓱하면서 단번에 거절했다. "난 유대교 신자야. 그러니 어떻게 그곳을 가겠니? 그냥 너희들끼리 다녀와." 조에는 궤변을 늘어놓았다. 자기는 오 킬로그램을 빼는 것으론 성에 안 차고, 적어도 오십 킬로그램은 빼야 한다고. 그러려면 거리가 훨씬 더 먼 곳에서부터 걷기 시작해야 한다는 거다. 최소한 독일에서부터 걷기 시작해야 하니까, 뮌헨-콤포스텔라나 스톡홀름-콤포스텔라의 여정을 제안하지 않는 한 갈 생각이 없다나.

캉디와 함께 걷는 동안 내 마음은 추억의 오솔길을 조용히 걷고 있었다. 그 오래전에 나는 어째서 어린 아들 조르주를 데리고 이 순례의 길을 걸을 생각을 했을까? 아마도 그 아이를 단련시키려고 했던 거겠지. 게다가 우리가 휴가를 보내고 있던 별장 근처에 그 코스가 있었기 때문일 것이다. 나는 다시 그 아이를 떠올리기 시작했고, 내가 그에게 선물한 즐거웠던 유년기를 추억했다. 그 아이의 경쾌한 유년기…… 그럴 수 있었던 건 그때 내가 유쾌한 기질을 갖고 있었기 때문이다. 하지만 아버지가 없는 유년기…… 그의 생물학적 아버지였던 멍청이는 아이가 태어난 지 꼭 일 년 만에 나보다 더 젊고, 더 상큼한 여자와 함께 우리 모자 곁을 떠났다. 아마 나보다 말수가 훨씬 적은 여자였을 테지…… 그때의 나? 그 일은 내게 조금도 고통을 주지 못했다. 난 영원히 함께 살고 싶을 정도로 남자를 사랑한 적이 한 번도 없었다. 남자들은 함께 있는 것이 즐겁게 느껴질 동안만, 다시 말해 그리 길지 않은 기간 동안만 마음에 들 뿐 난 언제나 금방 싫증이 나곤 했다. 하지만 조르주는 아버지와 함께 있기를 바랐을 것이다. 정해진 아버지, 늘 옆에 있는 아버지, 항상 존재하는 아버지…… 그런 아버지가 있었다면 그에게 큰 힘이 되었을 것이다. 성장한다는 건 여자아이들보다 사내아이들에게 있어서 훨씬 더 크고 복잡한 모험이기 때문이다. 자기를 끔찍이 사랑해주긴 하지만 "방 좀 치워라, 음악 소리 좀 줄여라, 샤워 좀 해라, 꼭꼭 씹어 먹어라, 차 조심해라" 등의 말이 거의 전부라고 할 수 있는 어머니 옆에서 발전하기를 바란다는 건, 사내아이에게는 말도 안 되는 소리일 것이다. 남성의 모델이 없으면 그건 승산이 없는 일이다! 언젠가 나는 강물 위에서 갑자기 흔들리는 조르주의 실루엣, 우울한 얼굴을 본 적이 있다. 그러나 그 얼굴은 나와 눈이 마주치는 순간 얼른 환하게 밝아졌었다. 그애는 아주 어린애일 때부터 슬픔의 기질을 갖고 있었다. 그렇건만 내게는 낯선 그 감정의 폭을 나는 미처 측정하지 못했다. 내 안에는 힘이 있고, 생명력이 있고, 그에게 줄 사랑이 듬뿍 있었다. 그래서 언제나 그의 얼굴을 미소짓게 만들곤 했었다. 하지만……

캉디가 불쑥 물었다. 내 며느리가 새로운 삶을 시작했느냐고.

"왜 그런 걸 묻는 거야, 캉디?"

"이것 보라니까! 또 말싸움이 벌어지겠군. 너는 조르주나 엘레오노르 이야기만 나왔다 하면 알레르기 반응을 보이더라. 아주 위험한 전깃줄로 변한단 말이야."

"아니, 그애는 아직 그대로야. 자살한 남편을 둔 아내는 주인이 목을 매달았던 그 집과 똑같은 신세야. 그 집을 사겠다고 나서는 사람이 없단 말이지. 누가 그런 나쁜 여자에게 접근하려고 하겠어?"

"네가 그런 말을 하니 이상하다. 솔직히 그런 논리로 말하자면 너도 마찬가지야."

"무슨 말이야?"

"자살한 아들을 둔 어머니도 나쁜 엄마이긴 마찬가지란 말이지."

"무슨 소릴 하고 있어! 조르주는 나와 함께 살 때 자살한 게 아니야! 자살은 그후의 일이지. 자기 마누라에게 하도 진저리가 나서 그렇게 한 거라고! 순전히 그년 탓이야! 난 절대로 누구에게도……"

그때 캉디의 눈에서 공포를 보았다. 그것을 본 순간 내가 울부짖고 있었음을 깨달았다. 나는 황급히 입을 다물었고, 캉디가 그런 나를 향해 미소를 지었다. 우린 서로 말없이 포옹을 했다. 그리고 침묵 속에서 일 킬로미터를 걸었다. 한참 후에 그녀가 입을 열었다.

"네 아들은 그전부터 이미 자살할 기미를 보이지 않았었어?"

"절대! 절대로 그렇지 않아!"

그 말에 캉디는 도망치고 말았다. 마치 토끼처럼! 마치 누군가가 총이나 칼로 사냥하려고 달려들기라도 한 것처럼 그렇게 달아나버렸다. 잔뜩 겁에 질린 표정으로. 미친년.

나는 굳이 그녀를 부르지 않았다. 사실 난 캉디의 영혼 상태 같은 건 신경쓰고 싶지도 않았다. 나는 홀로 계속 걸어갔다.

며칠 후에 머리가 깨지는 것처럼 아팠다. 너무너무. 발에만 물집이 잡힌 게 아니라, 머릿속에도 물집이 잔뜩 생긴 것 같았다. 조르주에 대한 기억들, 내 가슴을 부풀게 하는 유쾌한 기억들, 그리고 너무 끔찍해서 망치로 두들겨 부수고 싶은 기억들.

콤포스텔라에 도착했을 때, 내 머리는 압력이 가해질 대로 가해져서 폭발하기 일보 직전인 증기기관차 같았다.

콤포스텔라 성당 안에서 요란한 종소리가 울려퍼졌다. 머나먼 길을 걸어온 사람들에게는 그들의 승리를 축하해주는 종소리였겠지만, 내게는……

엘레오노르가 성당에서 그리 멀지 않은 어느 카페의 테라스에서 나를 기다리고 있었다. 그녀가 말없이 조르주의 편지를 내밀었다. 나는 그녀 맞은편에 앉아 황급히 편지 봉투를 찢었다.

엄마.

수년 동안 내게는 '엄마'라고 불러준 사람이 없었다. 나는 화들짝 놀라서 편지를 던져버렸다, 그 편지에 화상이라도 입은 것처럼. 나 자신을 지켜야 했으니까…… 나는 그애가 죽었다는 걸 알고 있었고, 더이상 '엄마'라는 소리를 듣지 못할 것임을 알고 있었다. 그건 도저히 견딜 수 없는 일이었다.

엘레오노르가 편지를 집어서 다시 건네주었다.

"그이가 어머니에게 말하고 있는 거예요."

엄마. 엄마가 이 글을 읽기까지 얼마나 오랜 시간이 걸릴지 모르겠네요. 내가 아는 것은, 그 자리에 내가 없을 것이고, 엄마가 나를 무척 원망하고 있을 거라는 사실이에요. 엄마, 난 살아갈 수 있는 준비를 제대로 갖추지 못했어요. 그 일은 엄마와 아무 상관이 없어요. 오히려 내가 이토록 오랫동안 살아보려고 노력했던 것은 먼저는 엄마 덕분이고, 그다음은 엘레오노르 덕분이에요. 엄마와 엘레오노르, 두 사람은 내가 갖지 못한 힘을 불어넣어준 사람들이지요. 하지만 혼자 있는 순간 나는 늘 나락으로 떨어지고 말아요. 난 아무것도 원하지 않고, 아무것도 시도하고 싶지 않고, 아무것에도 관심이 없어요. 오늘밤 이 땅을 영원히 떠날 생각을 하니 마음이 편해져요. 떠나기 전에 지금까지 나를 지탱해준 두 사람에게 온 마음을 다해 내가 할 수 있는 힘껏 감사를 드려요. 두 사람 모두 나를 이십 년씩이나 살게 해주었어요. 앞의 이십 년에 대해서는 엄마에게, 그뒤의 이십 년에 대해서는 엘레오노르에게 진심으로 고마워하고 있어요. 그러니 엄마, 이제 나를 용서해주세요.

조르주는 이 세상에 첫발을 딛는 순간부터 이 땅에 살고 싶어하지 않았다. 그애는 산월이 지나 마지못한 듯이 태어났다. 마치 태어나고 싶지 않다는 듯…… 마치 내가 고집스럽게 그 아이를 밖으로 끌어내려 한다는 듯…… 태어나서도 그애는 수없이 병치레를 했다. 어떤 경우는 가벼운 질병이었지만, 아주 심각한 경우도 많았다. 그 작은 몸은 마치 '날 잡지 말아요, 제발 내가 떠나게 놔줘요'라고 말하는 것 같았다. 그후에는 그 아이가 조금 더 생명에 애착을 가지려고 애썼기 때문에, 그리고 내가 그를 많이 웃게 만들었기 때문에, 또 우리가 수많은 것을 함께 배워갔기 때문에 나는 덜 두려워했다. 하지만 그 아이의 두려움은 점점 더 커져가고 있음을 나는 의식하고 있었다. 사춘기 때 그 아이는 여러 번 자살을 시도했었다. 오, 그것이 너무나 어설프고 너무나 서툴렀기에, 나는 그것을 그저 살려달라는 구원 요청으로만 받아들였다. 그리고 언젠가는 그 일이 해결될 거라고 믿었다. 그랬다. 나는 내가 그렇게 해줄 수 있을 거라고 확신했다. 소년이 되기까지도 이미 너무 많은 어려움을 갖고 있는 아이였건만 난 그애를 어른으로 변화시킬 수 있을 거라고 믿었다. 엘레오노르, 그녀가 내 뒤를 이어 그 아이를 맡았다. 내가 그녀를 처음 본 순간부터 싫어했던 이유가 아마 그 때문이었을 것이다. 어머니인 내 자리를 차지했다는 거……나는 엘레오노르에게 한 남자, 진짜 남자를 맡긴 게 아니라, 한 아이를 맡겼다는 걸 알고 있었다. 엘레오노르는 왜 그 아이를 남성으로 대하려고 했을까? 나는 그녀 앞에서는 대놓고 질책하지 않았지만, 겉으로 내색하지 않은 채 집요하게 그녀를 괴롭혔다. 내 아들이 성인 남자가 아닌 이유는 순전히 그녀가 성인 여자가 아니기 때문이라고 여겼다. 내 아들이 침울한 것도 그녀 탓, 내 아들이 마약을 한 것도 그녀 탓으로 돌렸다. 내 아들이……

나는 엘레오노르의 시선을 피하면서 편지의 마지막 부분을 읽었다.

엄마, 내가 엄마를 실망시켰다는 것을 잘 알아요. 지금까지도 엄마에게 고통을 주고 있다는 것도 알아요. 하지만 제발 부탁이니, 어떤 일이 있어도 이것만은 잊지 말아주세요. 내가 엄마를 진심으로 사랑한다는 것을.

그다음엔 어떻게 되었는지 모르겠다. 아무튼 난 몸을 일으켜서 엘레오노르에게 다가갔다. 그리고 그녀를 내 품에 꼭 안았다.

"고맙다, 얘야."

그러자 엘레오노르, 그 강한 여인이 내 품에 기대서 마구 흐느끼기 시작했다.

우리는 두 개의 종 같았다. 거기, 순례자들이 몰려드는 성당 앞에 있는 두 개의 종. 콤포스텔라의 종.

나는 파리로 돌아오자마자 사과하러 캉디를 찾아갔다. 그녀는 처음엔 내게 싫은 표정을 지었다. 하지만 결국 감정을 폭발시켰던 나를 용서해주었다. 실은 그녀를 그토록 고민하게 만들었던 몸무게를 줄였기 때문이었다.

그러고 나서 나는 우리집에 차 한잔 마시러 오라고 부바카르를 초대했다. 그리고 베토벤의 안면 석고부조를 보여주었다.

"와, 얼굴 한번 대박 크네요! 아줌마 남자친구의 음악이랑 꼭 닮았어요."

"베토벤의 얼굴을 가만히 들여다보렴. 그의 음악이 들리니?"

"네, 완전 잘 들려요. 아줌마는 안 들려요?"

"들려. 이제는 들린단다. 그동안 들을 수 없었던 아름답고 멋진 곡들이 다 들려."

우린 베토벤의 데스마스크를 조용히 응시했다. 머릿속에서 부글거리며 끓어오르는 생각들 때문에 고뇌에 찰 수밖에 없었던 넓은 이마, 끊임없이 솟아나는 음표들처럼 힘있고 덥수룩한 머리카락, 내적 격렬함 위에 닫혀 있는 눈꺼풀, 언제라도 말을 할 것 같은 입술.

"키키 아줌마. 아줌마 남자친구는 왜 그렇게 괴로워했던 거예요? 아줌마 말로는 그가 천재였다면서요? 당시에 한참 날리던 사람이었다면서요? 그럼 돈도 엄청 벌고, 명예도 빵빵하고, 멋진 시계에 멋진 팔찌도 갖고 있었을 텐데, 뭣 때문에 그렇게 고민이 많았대요?"

"창작의 고통이지. 그는 음 하나하나에 풍부한 의미를 표현하고 싶어했어. 부바카르, 그걸 느낄 수 있겠니? 음 하나하나마다 담긴 의미를? 보잘것없는 음, 시시한 음이란 건 단 한 개도 없지. 사실 그는 존재하지 않는 어떤 것을 찾고 있었어."

"그게 뭔데요?"

"인간…… 그는 인류를 사랑했거든."

부바카르가 모자를 벗고 머리를 긁적거렸다. 난 그애가 빡빡깎은 머리에 왜 굳이 모자를 쓰고 다니는지 이유를 모르겠다.

"키키 아줌마! 아줌마가 좋아하는 그 베토벤 말이에요. 그 사람이 인류를 사랑했다고요? 지난번에 아줌마가 그랬잖아요, 그가 모든 사람들에게 욕을 퍼부었다고요."

"맞아, 그는 성질이 좀 더러웠거든. 늘 불평하고, 고함을 지르곤 했지. 바로 그거야! 네가 인류를 정말 신뢰한다면 너는 인간을 있는 모습 그대로 사랑하는 게 아니라 그가 되어야 할 모습을 사랑해야 하는 거야. 그래서 인간 혐오는 가장 위대한 휴머니스트들의 흔적이란다. 이상형의 의미를 제대로 알 때 화도 낼 수 있거든."

"아줌마! 지금 베토벤 이야기를 하고 있는 거예요, 아님 아줌마 이야기를 하고 있는 거예요?"

"인간들은 누구나 인류를 신뢰하지 않아. 오로지 자기 자신만 믿고, 자기가 속한 그룹과 자신의 이익만 믿지. 오로지 자기를 보호하고, 이를 위해 경계선을 긋고, 벽을 세울 때에만 서로 협력한단 말이야. 그래서 인류를 위한 꿈을 꿀 때에는 군중과 어울리는 걸 포기하고, 고독을 받아들여만 해! 자, 이것이 나의 베토벤이 깨달았던 거란다. 당시에는 독일인, 영국인, 프랑스인, 이탈리아인, 러시아인 등이 모여서 끊임없이 전쟁을 했었거든."

"키키 아줌마, 지금도 마찬가지예요. 그건 언제나 일어나는 일인걸요. 하나도 안 변했어요."

"그래, 변하지 않았어. 우리 인류는 아무것도 깨닫지 못한 거야. 우린 모두 베토벤을 충분히 듣지 못했고, 귀머거리가 되어 버렸어."

"그럼 어떻게 하면 되죠?"

"좋은 질문이구나. 내 며느리라면 이렇게 말했을 거다. 그렇게 물어봐줘서 고맙다고."

그렇게 해서 우리는 이벤트를 하게 되었다. 일요일마다 나와 내 친구들은 집에서 직접 구운 과자와 직접 만든 레모네이드를 광장에 갖고 나가서 팔았다. 그리고 돗자리를 빌려서 그곳에 사람들이 앉을 수 있게 했다. 그렇게 해서 관객들이 모두 자리를 잡으면, 부바카르가 데리고 온 친구들이 아스팔트 무대 위로 등장했다. 그들 무리에는 아주 새까만 흑인, 살짝 까만 흑인, 혼혈, 햇볕에 그을린 백인, 창백한 황인, 갈색 머리, 금발, 북유럽인, 비쩍 마른 아이, 작달막하고 다부진 아이 등 온갖 모습의 아이들이 다 섞여 있었다. 그들이 함께 모여 있는 것을 보면, 자연은 기발한 상상력과 유머로 넘쳐난다는 사실을 새삼 깨닫게 된다. 드디어 랄프가 베토벤을 짓어대면,* 그 아이들이 춤을 추기 시작한다. 아이들은 미친 듯이 혼신의 힘을 다해 돌고 돌았다. 손바닥으로, 팔꿈치로, 무릎으로, 머리로…… 아이들은 뼈와 허리와 관절이 있다는 것도 잊어버리게 할 정도로 빙글빙글 잘도 돌았고, 고무공보다 더 유연했다. 우리는 그렇게 번 돈으로 매주 힘든 상황에 처한 딱한 사람들을 도와주었다. 그리고 그 돈은 부족하지 않았다. 고맙게도.

어느 날, 멍청한 오빠가 그 공연을 보러 왔다. 아이들이 마침 환희의 찬가에 맞춰 춤을 추고 있을 때였다.

"멋지구나. 크리스틴, 이런 걸 다 기획하고! 하지만 이런다고 해서 세상이 변하는 건 아닐 텐데."

내가 우리 오빠에게서 가장 높이 평가하는 점은 그가 결코 나를 실망시키는 법이 없다는 거다. 태어날 때부터 바보였던

---

* 교향곡 9번 D단조, op. 125, 피날레.

우리 오라버니는 아무리 세월이 흘러도 절대 실수하는 법 없이, 그 어리석음의 상태를 조금도 낮추지 않은 채 계속 같은 상태를 확실하게 유지하고 있다.

"누이야, 누가 한 말인지는 모르겠다만 이런 말이 있단다. 밭에 물을 댄다고 해서 사막을 없앨 수 있는 건 아니라고."

"어쨌든 난 지금 밭에 물을 대고 있어. 이 밭을 경작하는 사람들이 있으니, 이 밭의 수확물을 먹는 사람들도 있겠지. 안 그래?"

"흠, 그러니까 아무것도 안 하고 있는 것보다는 낫다, 이게 네가 하고 싶은 말이냐?"

"그럼 오빠는 금고 안에 피카소 그림을 넣어둔 채 아무것도 하지 않고 허송세월을 보내는 게 더 낫다고 생각해? 지금 우리가 하고 있는 일이 아무것도 안 하고 있는 것보다 못하다는 소리야? 이게 다 쓸데없는 일이라고 말하고 싶은 거냐고! 난 아무것도 안 하는 것보다 내가 최선을 다하고 있다는 사실에 만족해."

"넌 도무지 겸손이란 걸 모르는구나. 그건 그렇고! 크리스틴, 네가 우리 사무실에 맡겼던 그 서류 말이다. 그건 또 무슨 서류냐? 성을 바꾸고 싶다고? 부모님의 성이 네게 어울릴 만큼 고상하지 않다는 소리인 게냐?"

"그런 게 아냐. 내 묘비명을 생각해봤는데…… 나는 내 묘비가 뭔가를 말하고, 노래했으면 좋겠어. 귀가 먹먹해질 정도로, 내 묘비가 소리를 냈으면 해. 묘지에 온 모든 사람들을 행복하게 해주었으면 한단 뜻이지. 오빠 사무실의 변호사들에게 내 서류 좀 잘 봐달라고 해줘, 부탁해. 아마 오빠 덕분에 내 소원을 이룰 수 있겠지."

"노래하는 묘비? 이 불쌍한 것아, 대체 무슨 소릴 하고 있는 거니?"

"상상해봐. 소박하고 깔끔한 짙은 색 화강암 위에 작은 글씨로 써놓는 거야. 묘비명으로, '키키 판 베토벤'."

'환희의 찬가'가 무대를 가득 채운다.

옮긴이의 말

에릭 엠마뉴엘 슈미트는 언젠가 이런 고백을 한 적이 있다.

　1960년 3월 28일, 나의 어머니는 쌍둥이 에릭과 엠마뉴
엘을 낳았다. 어머니는 점성술사로부터 쌍둥이 중 한 아이
는 작가가 될 운명을 지녔고, 다른 아이는 음악가가 될 거라
는 이야기를 들었다. 그런데 불행하게도 며칠 후, 병원에서
퇴원하여 집으로 돌아오는 길에 두 아이 중 하나가 이불 속
에서 질식사하는 사고가 일어났다. 그러나 음악가가 될 아
이와 작가가 될 아이, 둘 중에 누가 죽었는지는 아무도 몰랐
다…… 그래서 어머니는 살아남은 아이에게 '에릭 엠마뉴엘'
이라는 이름을 지어주었다. 아이는 자신의 소명을 확신할 수

없었다. 그래서 그는 지금까지도 음악과 문학 사이에서 그 질문을 하고 있다. 혹시 잘못된 길을 가고 있는 것은 아닐까? 혹시 내 운명이 아니라 죽은 형제의 운명을 짊어지고 있는 것은 아닐까?

물론 이 이야기는 내가 지어낸 것이다. 하지만 이 이야기 속엔 한 가지 진실이 들어 있다. 작가가 되었지만, 나는 언제나 뒤에 남겨놓고 온 음악가에 대한 향수를 갖고 살아가기 때문이다. 내가 글을 쓰거나 읽지 않고 하루를 보내는 날은 있어도—그런 날은 극히 드물다—음악을 듣지 않고 지나가는 날은 단 하루도 없다. 내게 있어 음악을 듣는다는 것은 머리를 공백 상태로 만드는 것이다. 나는 끊임없이 음악과 대화를 한다. 음악은 내가 다른 무엇보다도 우위에 놓는 예술이다. 나는 내가 쓴 문장 속에서도 음악을 찾고, 노래나 오페라를 들을 때에는 그 멜로디에 나만의 문장들을 입히곤 한다. 어쩌면 나는 음악을 더 잘 듣기 위해서 책을 쓰는 건지도 모른다.

음악적 에세이와 짧은 이야기를 하나로 묶은 이 책은 슈미트의 고백에 가장 잘 어울리는 책일 것이다.

고전음악에 특별한 열정과 해박한 지식을 지닌 그는 『모차르트와 함께한 내 인생』으로 문학 안에 새로운 영역의 문을 열었다. 그리고 이제 우리는 이 책에서 베토벤을 만난다.

음악을 듣지 않고 지나가는 날이 하루도 없다는 슈미트는 모차르트로부터 삶을 있는 그대로 받아들이는 법을 배웠고, 바흐로부터는 늘 건강한 생각을 유지하는 법을 배웠다고 한다. 그렇다면 베토벤은? 약간 괴팍하고 때로 독선적으로 보이기도 하는 그 베토벤은?

베토벤! 슈미트에게 그는 모차르트처럼 다정하지도 않고 바흐처럼 경건하지도 않은 무뚝뚝하고 퉁명스러운 어조로 인간의 위대함을 가르쳐준 스승이었다. 어떤 불행과 고난에도 굴하지 않고, 설령 넘어져도 그때마다 벌떡 일어서서 마침내 '하나'의 거대한 인류를 만들어가는 인간의 위대함. 그리고 그들의 휴머니즘과 영웅주의와 낙천주의.

살해당한 베토벤을 위하여

소년 시절의 슈미트에게 베토벤은 머리를 꼿꼿하게 들고서 인간의 위엄을 갖추고 영웅처럼 걸어가라고 외친 스승이었다. 다가올 미래를 생각하며 불안해하는 소년에게 모차르트는 "삶을 받아들여"라고 했고, 바흐는 "신 앞에 무릎 꿇는 거야"라고 했지만, 베토벤은 "투쟁하라! 높은 이상을 향해 나아가라!"고 포효하듯 말했다. 피 끓는 나이의 소년은 베토벤의 외침을 선택했고, 그를 사랑했다.

하지만 슈미트의 말대로 우리는 "스무 살이 되면 자신이 살고 있는 시대와 약혼을 하고, 대학에 들어가면서 그 시대와 결혼을 하게 된다". 그러곤 "우리 시대의 가치관, 규칙, 편견과 포옹하고 입을 맞추"는 일에 바빠지기 마련이다. 청년 슈미트 역시 흥, 그까짓 베토벤 따위! 하며 그를 밀어냈었다. 그러나 이별 후엔 재회도 있는 법이다. 실망스러운 인간들과 적당히 부대끼며 살아가는 법을 터득했을 즈음, 그리고 자신과의 투쟁을 어느새 포기하고, 나 자신을 넘어서 다른 사람들을 사랑하는 것이 과연 가능할까 회의를 느끼기 시작했을 즈음, 나이 마흔에 중년의 슈미트는 우연히 소년 시절의 영웅을 다시 만난다. 그날 베토벤은 부릅뜬 눈으로 그를 쏘아보며 말했다. '인간의 약점, 실패, 고통, 난처함 등을 받아들이고, 타인 또한 과오를 저지를 수 있는 형제로 인정'하고, 인류가 아우슈비츠를 넘어설 수 있다는 소망을 결코 놓치지 말라고! 다시 느껴보는 두근거림, 올올이 살아나는 청년기의 고통, 새로이 솟아오르는 뜨거운 기쁨……!

그 순간의 감격이 「키키 판 베토벤」이라는 작품을 탄생시켰다. 그러나 작품 속의 키키는 자살한 아들의 아내, 곧 며느리와 서로를 용서하고 껴안을 수 있었지만, 실제의 슈미트도 과연 베토벤의 그 충고를 받아들였을까? 세상에서 몇 안 되는 특별한 사랑을 하고 있다는 믿음이 깨어진 순간에, 사랑하는 여인으로부터 그녀가 다른 남자와 사랑에 빠졌다는 고백을 듣고 난 순간에, 슈미트 역시 키키처럼 용서와 화해를 택할 수 있었을까? 그랬다! 슈미트는 그 당황스러운 분노의 순간에 자신을 설득하는 베토벤의 소리에 귀를 기울였다. 그리고 용서와 화해와 다시 시작하겠다는 결단으로 반응했다.

그후로 그는 시골집에 갈 때마다 그가 사랑하는 음악 나무 아래서 나무가 연주하는 베토벤의 현악사중주 15번 3악장을 듣는다…… 그러면서 진정한 평화가 무엇인지, 지혜가 무엇인지, 용기는 무엇이며 기쁨이란 무엇인지를 나무로부터, 베토벤으로부터 배운다. 그래서 그는 베토벤의 동거가 이제부터 제대로 시작되는 거라고 읊조린다.

아름다운 에세이, 아름다운 이야기다.

우리 시대에 과연 베토벤을 모르는 사람이 있을까? 하지만 베토벤을 안다는 것이 단순히 그의 이름을, 그의 음악을 안다는 걸 의미하지 않을 터.

슈미트의 글을 우리말로 옮기고 난 지금, 그의 음악을 안다는 말은 어쩌면 '인간 삶의 진정한 깊이를 보았다', 혹은 '인간의 조건을 불평 없이 받아들인 채 끝까지 꿋꿋하게 살아간다'는 말의 또다른 표현이 아닐까 하는 생각이 든다.

주어진 운명과 조건에 꿋꿋하게 맞서며 만들었던 베토벤의 곡들은 어쩌면 저항하기 힘든 쾌락, 이기적인 안락, 처절한 경쟁, 할퀴어진 자존심, 나약함, 나태함, 절망, 좌절, 불안 등 무서운 기세로 달려드는 수많은 대적들 안에 포위되어 매일같이 힘겨운 싸움을 하고 있는 21세기의 우리를 위한 것이었는지도 모른다. 그 투쟁 속에 진정한 환희가 있다고 외치는 그의 음악은 어쩌면 이 시대를 사는 우리를 위해 남겨둔 메시지였는지도 모른다.

키키와 그녀의 친구들처럼 나도 삶의 모든 씨름 속에서 승리와 환희의 노래를 들을 수 있길 꿈꾼다. 그리고 그 노래에 익숙해질 즈음에 이르러, 슈미트가 초대해준다면 바흐의 이야기 또한 들어보고 싶다. 신이 작곡한 음악이라는 그의 음악과 함께……

키키 판 베토벤

알랭 들롱, 장 폴 벨몽도 같은 프랑스의 대배우들을 무대로 끌어냈던 슈미트는 다니엘 르브렁이라는 여배우를 무대 위에 세워 큰 성공을 거두었다. 모노드라마 〈키키 판 베토벤〉의 눈부신 성공은 프랑스 안에서만 일어난 것이 아니라 독일, 벨기에, 불가리아, 루마니아 등지에서도 재능 있는 관록의 여배우들이 탐을 내며 무대에 오르게 만들었다.

이 이야기는 가눌 수 없는 고통 때문에 감정의 빗장을 아예 걸어 잠근 채, 의미 없는 수다를 떨면서 살아가는 육십대의 까칠한 여인 키키와 그녀의 세 친구들이 베토벤을 만나 내면의 상처로부터 해방되는 이야기다.

흠, 상처 치유라…… 힐링 이야기로군. 나올 법한 이야기다.

안 그래도 경쟁 사회와 도시 생활에 찌들고 지친 사람들에게 마음의 평화와 안정을 찾아주겠다는 힐링 음악, 힐링 책, 힐링 프로그램, 힐링 여행, 힐링 드라마, 힐링 요리, 힐링 테라피 등 힐링이라는 말이 어디를 가나 넘쳐나는 시대 아닌가! 아니, 그런데 좀 이상하다…… 베토벤의 음악을 통한 힐링이라…… 부드럽게 따뜻하게 나직한 소리로 우리의 감성을 자극한다고 해도 굳어질 대로 굳어진 우리의 마음이 풀어질까 말까 한 판국인데…… 그런데 늘 불행과 한판 붙고 말겠다는 표정을 하고서 부담스러운 열정으로 비장한 음악을 만들었던 베토벤, 그의 음악으로 힐링을? 다른 누구도 아닌 바로 그 베토벤이 상처를 치유해준다고?

우리 주변에 넘쳐나는 그 무수한 '힐링'들은 입을 모아 말한다…… "많이 아팠지? 하지만 괜찮아, 다 괜찮아! 당신은 사랑받아야 할 특별한 존재야. 자, 걱정하지 마, 이제 모든 게 괜찮아질 거야, 그렇고말고!" 우리는 그 말이 달콤한 거짓말임을 알면서도 그냥 속아 넘어가주기로 한다. 평화를 되찾은 척, 힐링이 된 척, 괜찮아진 척 슬쩍 맞장구쳐주는 것이다. 뭐, 어차피 상처의 치유 같은 것은 일찌감치 포기하고 있었으니까. 그래, 이쯤에서 회복되었다고 믿지 뭐, 이런 게 힐링 아니겠어? 이런 식인 것이다.

모든 것이 너무나 가벼워진 이 시대를 살아가는 우리는 그 누구도 그 무엇도 우리의 내면 깊숙이 파고드는 것을 반기지 않는다. 딱 요기까지만! 그것이 우리의 힐링이다.

그런데 베토벤은…… 절대로 나직한 소리로 부드럽게 말을 걸어오지 않는다. 눈을 질끈 감고라도 자신의 상처가 있는 부위 쪽으로 얼굴을 돌릴 각오가 되어 있지 않는 자에겐 침묵으로 일관할 뿐이다. 그 침묵 앞에서 당황한 키키와 그녀의 친구들은 베토벤의 음악을 다시 들을 수 있게 되기를 바라는 동안 자신의 상처를 들여다볼 용기를 갖게 된다. 그리고 마침내 그 상처와 화해를 이뤄간다. 유년기에 겪어야 했던 유대인 대학살로 인한 상처, 계속해서 실패하는 사랑으로 인한 상처, 그리고 절대로 인정하고 싶지 않은 아들의 자살로 인한 상처…… 그 무시무시한 상처들로부터.

베토벤은 고집스럽다. 자신의 음악을 다시 듣고 싶다면, 휴머니즘, 곧 인간의 모든 약점과 한계를 넘어서서 그 인간을 신뢰하는 휴머니즘에 동의하라는 주장을 결코 굽히지 않는다. 한걸음도 물러서지 않겠다는 그 단호함이라니!

우리는 부담스러운 것이 싫어서, 할 수만 있다면 이 시대의 흐름에 맞춰 가볍게 얄팍하게 쿨하게 살아가고 싶은 세련된 현대인이다. 그런 우리에게 운명에 저항하고 투쟁하면서 인생의 거친 파도를 이겨냈던 19세기의 열정이란 얼마나 무겁고 버겁고 부담스러운가! 그러나 퉁명스럽긴 해도 격려로 가득 찬 베토벤의 충고에 힘입어 그의 휴머니즘에 동의하는 순간, 네 여인은 결국 각자의 상처를 딛고 새로운 시각으로 인간을 바라보기 시작한다.

그 결과…… 양로원의 네 여인과 힙합 청년들이 하나가 되어 매주 벌이는 환희의 찬가 파티! 인류의 승리로 향하는 작은 첫 걸음이다.

옮긴이 김주경

이화여자대학교와 연세대학교 대학원에서 불어를 전공하고, 프랑스 리옹 제2대학교에서
박사과정을 수료했다. 현재 국내에 좋은 책들을 소개하며 전문 번역가로 활발히 활동하
고 있다.
옮긴 책으로는 『레 미제라블』『작은 사건들』『느리게 산다는 것의 의미 1·2·3』『토비 롤네
스』『80일간의 세계일주』『흙과 재』『성경』『신은 익명으로 여행한다』『어리석은 철학자』
『아무도 되고 싶지 않다』 외 다수가 있다.

살해당한 베토벤을 위하여

초판 1쇄 인쇄 2017년 3월 10일
초판 1쇄 발행 2017년 3월 20일

지은이 에릭 엠마뉴엘 슈미트
옮긴이 김주경

펴낸이 정중모
펴낸곳 도서출판 열림원
출판등록 1980년 5월 19일(제406-2000-000204호)
주소 경기도 파주시 회동길 121(문발동)

전화 031-955-0700
팩스 031-955-0661~2
홈페이지 www.yolimwon.com
전자우편 editor@yolimwon.com

기획 편집 조연주 심소영 유성원
제작 관리 박지희 김은성 윤준수 조아라

홍보 마케팅 김경훈 김정호 박치우 김계향
디자인 이승욱 최정윤

ISBN 978-89-7063-799-0 03860

* 이 책의 판권은 저자와 도서출판 열림원에 있습니다.
  이 책 내용의 전부 또는 일부를 재사용하려면 양측의 서면 동의를 받아야 합니다.
* 이 도서의 국립중앙도서관 출판예정도서목록(CIP)은 서지정보유통지원시스템(seoji.nl.go.kr)과
  국가자료공동목록시스템(nl.go.kr/kolisnet)에서 이용하실 수 있습니다.
  (CIP제어번호: CIP2016024659)
* 책값은 뒤표지에 있습니다. 잘못된 책은 구입하신 곳에서 교환해 드립니다.